edition
tingeltangel

Die Handlung und alle handelnden Personen in diesem Kriminalroman sind frei erfunden. Ähnlichkeiten zu Geschehnissen mit Bezug auf reale Personen, Unternehmen oder Institutionen wären rein zufällig und nicht beabsichtigt. Der Roman spiegelt Denk-, Sprach- und Verhaltensmuster der 1950er-Jahre wider und verwendet damit auch Ausdrücke, die heute als diskriminierend gelten.

Umschlag-, Klappen- und Innengestaltung unter Verwendung von: Streichholz mit Flamme (wetzkatz - generiert mit KI / stock.adobe.com), Chiemseelandschaft (Sever Smuda / stock.adobe.com), Wolfgang Schweiger (Marietta Heel), Streichhölzer in Kapitelvignetten (Florian L. Arnold)

Originalausgabe, Erste Auflage, 2025
Klappenbroschur: ISBN 978-3-944936-79-6

E-Book: ISBN 978-3-944936-80-2

Kohlstraße 7, 80469 München, www.edition-tingeltangel.de
Bei Fragen zur Produktsicherheit wenden Sie sich an tom@edition-tingeltangel.de

Druck: CPI Germany
CO_2-neutral hergestellt

WOLFGANG SCHWEIGER

DIE VERGANGENHEIT KENNT KEIN ENDE

KRIMINALROMAN

»Ein guter Häftling hält es nicht länger als drei bis vier Monate im KZ aus, wer es länger aushält, ist ein Gauner.«

SS-Hauptsturmführer und KZ-Kommandant
Karl Chmielewski (1903 bis 1991),
auch genannt »Der Teufel von Gusen«

1

Erwin Rudholzer hatte es eilig. Mit Schwung beförderte er die dritte und letzte Milchkanne auf die Ladefläche seines Kleinlasters, klappte die Seitenwand hoch und verriegelte sie. Wieder am Steuer, zündete er sich schnell eine Zigarette an und blickte auf seine Uhr. Schon halb acht vorbei! Er runzelte besorgt die Stirn. Das könnte knapp werden, wenn er pünktlich am Bahnhof sein wollte. Aber gut, vielleicht hatte der Zug ja Verspätung. Und wenn nicht, könnten die beiden ja erst einmal einen Kaffee trinken. Oder sich nach der langen Fahrt die Beine vertreten. Wichtig war nur, dass sie nachher mit allem zufrieden waren. Und dass sie später, wieder daheim in Gelsenkirchen, Reklame machten für seine Gastwirtschaft mit Fremdenpension.

Zurück auf der Gemeindestraße und die nächste Sammelstelle schon vor Augen, bremste er kurz ab und überholte im Schritttempo eine junge, mit einem schwarzen Lodenmantel bekleidete Frau, die ein schwer beladenes Fahrrad schob. Neben dem abgeschabten Lederkoffer auf dem Gepäckträger hing eine große, prall gefüllte Stofftasche an der Lenkstange; zudem hatte die Frau einen vollgepackten Rucksack umgeschnallt.

Eine Hausiererin.

Rudholzer winkte ihr freundlich zu und hielt kurz darauf neben dem Feldkreuz rechts der Straße, an dem Toni, der Austragsbauer vom Michl-Hof, bereits auf ihn wartete.

Allein.

Rudholzer stieg aus und fragte verärgert: »Wo ist denn die Herta?«

»Ned da«, erwiderte der alte Mann.

»Das sehe ich selber ...« Rudholzer spähte in den von Büschen gesäumten Hohlweg, der zum Moser-Anwesen hinab führte. Von Herta keine Spur. Und auch nicht von ihrem Hund Nero, der sie gewöhnlich begleitete.

Übellaunig schüttelte Rudholzer den Kopf. Das hatte ihm gerade noch gefehlt. Er entriegelte die Seitenwand, klappte sie herunter und holte die beiden leeren Milchkannen von der Ladefläche. Die für Herta stellte er auf dem Boden ab, die andere gab er Toni, der sie auf seinen Leiterwagen hievte. Dann wuchtete er die volle Kanne vom Michl-Hof hinauf und blickte zu der Hausiererin, die neben ihnen stehengeblieben war. Eine stämmige, nicht unschöne Frau mit flinken Augen, aber älter, als er geschätzt hatte.

»Ganz schön früh unterwegs«, sagte er.

»Von nix kommt nix«, erwiderte sie. »Hätt ein paar schöne Sachen für so ein g'standenes Mannsbild wie dich.«

Rudholzer lachte. »Das glaube ich dir gern. Aber das erledigt alles meine Frau.«

»Wie wär's dann mit einem Geschenk für die werte Gattin? Hätt ein paar wunderschöne Tücher im Angebot.«

»Ein andermal vielleicht. Heute pressiert's mir.«

Rudholzer ging an der Frau vorbei über die Straße, stellte sich auf die Zehenspitzen und blickte angestrengt in die kleine Senke mit dem Moser-Hof in der Mitte. Zunächst fiel ihm nichts auf, doch dann kam ihm etwas seltsam vor.

»Schau mal genau hin«, sagte er zum Toni, der neben ihn getreten war. »Merkst du was?«

»Naa. Was denn?«

»Es steigt kein Rauch aus dem Kamin auf.«

»Vielleicht haben's verschlafen.«

Rudholzer schüttelte den Kopf. »Der Schorsch vielleicht, aber ned die Herta. Wär das erste Mal.«

»Und was willst jetzt machen?«

Rudholzer überlegte kurz. Der Schorsch kümmerte ihn nicht, der war ein fauler Hund. Aber die Herta war eine patente Person, immer freundlich und hilfsbereit. Und noch dazu eine, mit der man gerne ein Techtelmechtel gehabt hätte. War ihm ohnehin ein Rätsel, wie die beiden sich gefunden hatten.

»Steig ein, wir fahren hin«, sagte er, während er die Seitenwand wieder hochklappte und verriegelte. Er setzte ein Stück zurück und manövrierte dann den Laster vorsichtig den mit Schlaglöchern übersäten Hohlweg hinab. Niemand kam ihnen entgegen. Sie rumpelten an einer Reihe Obstbäume und dem Gemüsegarten vorbei und bogen zuletzt in die Zufahrt ein, die zwischen dem Wohnhaus und dem Pumpbrunnen zur Scheune führte. Der Anblick der noch geschlossenen Fensterläden verstärkte Rudholzers Unbehagen. Hier stimmte etwas nicht. Er stellte den Motor ab und wollte eben aussteigen, als ihn Toni in die Seite stieß.

»Da, schau ...«

Rudholzer folgte Tonis Blick. Vor der Hundehütte, die links vom Scheunentor stand, lag der noch angekettete Nero, ein braunfleckiger Mischling, in einer bereits schwarz verfärbten Blutlache. In Rudholzer stieg kalte Wut hoch, vermischt mit einem Gefühl der Hilflosigkeit. Er stieg aus und ging schweren Schrittes, vorbei an der geschlossenen Haustür, auf die Hütte zu. Zu hören war nur das leicht gereizte Muhen der Kühe im Stall, die darauf warteten, gefüttert und gemolken zu werden.

Rudholzer bückte sich, verscheuchte mit einer Handbewegung die Fliegen und starrte mit zusammengepressten

Lippen auf den Hund: Man hatte ihm die Kehle durchgeschnitten.

»Mein Gott, wer macht denn so was!«, flüsterte Toni.

Rudholzer sagte nichts. Er steckte sich nur eine weitere Zigarette an und ließ den Blick nochmals über die Hausfassade wandern. Was zum Teufel hatte sich hier abgespielt? Ein Raubüberfall? Aber wieso? Jedermann in der Gegend wusste, dass bei den Mosers nichts zu holen war. Vielleicht jemand von auswärts? Irgendeine Räuberbande, die übers Land zog und wahllos zuschlug, so, wie es kurz nach dem Krieg gewesen war?

»Soll ich heimlaufen und den Michi mit seinem Gewehr holen?«, fragte Toni.

Rudholzer winkte ab. Er schnippte die kaum angerauchte Kippe ins Gras, ging zur Haustür und drückte auf die Klinke.

Abgesperrt.

Zu klopfen oder zu rufen kam ihm sinnlos vor, und so kehrte er wieder um und wandte sich dem Scheunentor zu, das einen Spaltbreit offenstand. Er verspürte keine Angst, dafür hatten vier Jahre als Infanterist, meist an vorderster Front, gesorgt. Aber er fürchtete den Anblick, der ihn vermutlich erwartete. Wer einen Hofhund abschlachtete, war zu jeder Schandtat fähig.

Er schob das Scheunentor weiter auf und trat in das Halbdunkel, in dem ein Eicher-Bulldog und ein Ladewagen abgestellt waren. Sofort stieg ihm der ekelhafte Geruch von Ruß und verbranntem Fleisch in die Nase. Er blieb stehen und blickte sich suchend um. Links von ihm befanden sich zwei Holztüren, von denen die eine angelehnt war und die andere halb geöffnet. Sie führte in den Kuhstall. Er trat zögernd ein – und blieb gleich wieder stehen.

Da lag er, der Schorsch. Noch im Nachthemd und mit eingeschlagenem Schädel inmitten einer riesigen Blutlache.

Rudholzer schluckte schwer und versuchte, einen klaren Gedanken zu fassen. Er blickte durch die nächste Tür in die Waschküche, die auch als Milchkammer diente. Von dort führte eine weitere Tür in den Hausflur. Wo zum Teufel steckte die Herta? Hatte der Mörder erst den Schorsch in den Stall gelockt und war dann im Wohnhaus über die Frau hergefallen?

»Des waren bestimmt die Zigeuner, die letzte Woche auch bei uns waren ...«, wisperte Toni.

»Red keinen Schmarrn. Warum sollten die so was tun.«

»Ich mein ja nur.«

Rudholzer wollte schon losgehen, als ihm bewusst wurde, dass der Gestank, der in der Scheune geherrscht hatte, nicht vom Schorsch stammen konnte. Er schob Toni beiseite und ging zurück in die Scheune, wo er beide Flügel des Tors weit aufriss. Im hellen Morgenlicht erkannte er, dass sich im hinteren Teil der Scheune der Hühnerstall befand, in dem es nun laut wurde. Er unterdrückte das Verlangen, sich doch noch mal eine Zigarette anzuzünden, und wandte sich stattdessen wieder nach links, der angelehnten Holztür zu.

Er drückte sie vorsichtig mit dem Ellbogen auf und drehte sich augenblicklich wieder um, während brennend heißer Mageninhalt seine Kehle hochschwappte. Mit zusammengebissenen Zähnen schluckte er alles wieder hinunter. Keuchend und mit weichen Knien hielt er sich am Ladewagen fest und versuchte zu begreifen, was er gesehen hatte. Auch wenn er im Krieg Dinge getan hatte, von denen er niemals gedacht hätte, dass er sie tun würde, überstieg das hier alles, was er jemals mitgemacht hatte! Wer konnte so grausam, so mitleidlos sein?

»Was ist da?«, fragte Toni.

Rudholzer schüttelte nur den Kopf. Brauchte ein paar weitere Sekunden, bevor er wieder zu Atem kam und in der Lage war, den höllischen Gestank, der aus der Tür drang, zu ignorieren und beherzt die verkrümmte Gestalt am Boden, die einmal die Herta gewesen war, genauer zu betrachten. Ihr Gesicht, das vom Feuer zerstört war, die Haut auf Brust und Bauch, die zu einem ledrigen Panzer verbrannt war, den Schambereich, der mit geronnenem Blut bedeckt war.

Wer um Himmels willen tat so etwas?

Ein Überfall irgendwelcher Banditen sah anders aus, und wenn die Mosers Feinde gehabt hätten, hätte er davon gehört. Aber selbst dann ... Und überhaupt: eine Frau wie die Herta und Feinde? Unmöglich.

Trotzdem hatte jemand den Schorsch hinterrücks erschlagen, die Frau überwältigt und hierhergeschleppt, in diesen Abstellraum, in dem sich außer einer Kreissäge und einem Regal mit Werkzeug nichts weiter befand. Was dann passiert war, schien offensichtlich: Der Täter hatte sie erst gefoltert, bevor er ihren Kopf und den nackten Oberkörper mit Benzin übergossen und angezündet hatte. Ob sie da bereits tot gewesen war? Rudholzer wagte es nicht, darüber nachzudenken.

»Und jetzt?«, fragte Toni, der mit leichenblassem Gesicht zitternd neben ihm stand.

Rudholzer drehte sich um und schob Toni hinaus. Er sagte: »Wir fahren jetzt rein ins Dorf und alarmieren die Polizei. Dann bringe ich dich heim und du kommst mit dem Michi wieder her und ihr haltet die Stellung, bis die Polizei kommt.«

»Und du?«

Rudholzer, der nichts als weg wollte, stieß einen Seufzer aus und sagte: »Ich muss meine Tour fertig machen und dann zum Bahnhof.«

2

»Morgen, Herr Kommissar. Einkäufe gemacht?«

Manfred Mehringer blieb stehen und blickte dem bulligen Gastwirt entgegen, der mit einem Besen in der Hand auf ihn zutrat.

»Morgen, Gustav. So früh schon bei der Arbeit?«

»Klar doch. Außerdem macht Bewegung an der frischen Luft munter.« Er stützte sich auf seinen Besen und räusperte sich kurz. »Hat sich in letzter Zeit mal wieder jemand beschwert?«

»Nicht, dass ich wüsste.«

Gustav nickte zufrieden.

Mehringer lächelte kurz. Er mochte den Mann, auch wenn seine Gastwirtschaft so ziemlich den schlechtesten Ruf in der Stadt hatte und ein Sammelbecken für Kleinkriminelle, Nichtsnutze und Tagediebe war, wie sein Vater gerne behauptete. Was vermutlich sogar stimmte, aber solange es bei gelegentlichen Ruhestörungen rund um das marode Gebäude blieb, interessierte es Mehringer nicht. Zumal er der Ansicht war, dass auch solche Leute einen Ort brauchten, an dem sie unter sich waren.

»Wie geht's der Kleinen im Internat?«, fragte Gustav.

»Ganz gut soweit. Nur das Essen soll etwas dürftig sein.«

»Ja, da sparen sie gerne, die Fräuleins in der Nachfolge Christi.«

»Also dann.« Mehringer wandte sich ab und ging zwei Häuser weiter. Dort stieg er die schmale Steintreppe hoch, die zu der kleinen Drei-Zimmer-Wohnung führte, die er seit gut einem Jahr sein Zuhause nannte.

Gerda wartete bereits an der Tür auf ihn. Er stellte die Tasche mit dem frischen Brot und der Butter auf dem Küchentisch ab, zog sein Sakko aus und setzte sich.

»Was hältst du davon, wenn wir nachmittags zum Chiemsee raus radeln?«, fragte er, während Gerda ihm Kaffee einschenkte.

»Gute Idee.«

Gerda setzte sich ebenfalls und blickte ihn abschätzend an.

»Ich hab gestern beim Unterforsthuber übrigens deine Mutter getroffen«, sagte sie nach einer kurzen Pause.

»Und?«

»Na ja, sie hat zum ersten Mal nicht direkt weggeschaut.«

»Immerhin«, gab sich Mehringer optimistisch. Dennoch machte er sich keine Illusionen. Seine Eltern würden Gerda niemals akzeptieren. Eine vier Jahre ältere Frau, die als einfache Verkäuferin arbeitete und zudem ein lediges Kind hatte, das kam für einen Akademiker einfach nicht in Frage.

Aber egal. Das Gerede im Freundeskreis seiner Eltern kümmerte ihn schon lange nicht mehr. Und im Augenblick war es gut so, wie es war.

Im Flur klingelte das Telefon.

Mehringer stand mit einem Seufzer auf, ging hinaus und nahm den Hörer ab. »Mehringer.«

»Komm sofort her«, erklang die überdrehte Stimme seines Kollegen Kraus, der an diesem Wochenende Dienst hatte. »Wir fahren in drei Minuten los. Der Haberlander ist auch schon da.«

»Wohin denn? Und warum?«

»Ein Doppelmord in der Nähe von Unterwössen.«

»Bin unterwegs.«

Mehringer schlüpfte wieder in sein Sakko und lief ins Schlafzimmer. Dort nahm er die Walther PPK aus der Schublade des Nachtkästchens, überprüfte das Magazin und steckte die Waffe in seine rechte Jackentasche.

»Chiemsee fällt aus, tut mir leid«, sagte er zu Gerda, die ihm seine halbvolle Tasse Kaffee hinhielt.

»Was ist denn passiert?«, fragte sie.

»Weiß ich noch nicht genau. Kann jedenfalls spät werden, fürchte ich.«

Er nahm einen langen Schluck, gab ihr einen Kuss auf die Wange und eilte zur Tür hinaus.

3

Die drei Beamten hatten Unterwössen kaum hinter sich gelassen, da erblickten sie nach einer Kurve einen Landpolizisten, der am Straßenrand neben einem Feldkreuz stand und offensichtlich auf sie wartete. Als sie fast auf seiner Höhe waren, deutete er auf einen Hohlweg, der links von der Straße abging. Kraus bog ein und folgte dem Weg, der sie in eine von Wald umgebene Senke führte, mit einem kleinen, von etlichen Obstbäumen umgebenen Bauernhaus in der Mitte.

Vor dem Haus standen zwei Streifenwagen, dahinter war ein schwarzer Mercedes-Benz 180 geparkt. Drei Landpolizisten und zwei bäuerlich gekleidete Männer standen vor der Scheune und blickten ihnen erwartungsvoll entgegen. Kraus stoppte hinter dem Benz, sprang aus dem Wagen und lief sofort zu der Gruppe. Haberlander ließ sich Zeit, und auch Mehringer, der auf dem Rücksitz gesessen hatte, blickte sich erst forschend um.

Ein Mord in dieser Idylle! Er mochte es nicht glauben. Es wirkte alles so friedlich, so weltabgeschieden. Aber vielleicht hatte gerade diese Abgeschiedenheit den oder die Täter angelockt. Er ging an dem Benz vorbei, registrierte die doppelläufige Jagdflinte, die auf der Hausbank lag, und hielt erst inne, als er den toten Hund sah. Der Anblick machte ihn zornig und traurig zugleich. Kraus und Haberlander waren mittlerweile in der Scheune verschwunden und er konnte hören, wie Kraus mit bellender Stimme Fragen stellte.

Mehringer winkte einem der Landpolizisten und sagte: »Wie wär's, wenn du eine Decke besorgst und das arme Viech damit zudeckst.«

»Wir sollen nichts anrühren, hat's geheißen«, erwiderte der Mann.

»Ich glaube, das spielt jetzt keine Rolle mehr, bei dem Auflauf hier.«

Der Polizist rührte sich nicht von der Stelle. »Und wo soll ich hier eine Decke herkriegen?«, fragte er aufsässig.

Mehringer schüttelte nur den Kopf. Manchmal fiel ihm die Eigenmächtigkeit der Landpolizisten wirklich auf die Nerven, diese ungute Mischung aus Anmaßung und Ignoranz, die sie gerne an den Tag legten. Er wandte sich den beiden Männern zu, die wie Vater und Sohn aussahen und reichlich mitgenommen wirkten.

»Ich nehme an, Sie beide haben die Leichen entdeckt?«, fragte Mehringer.

»Des war ich«, erwiderte der Ältere der beiden, ein etwa siebzigjähriger Mann mit eingefallenen Gesichtszügen. »Ich und der Milchfahrer. Wir haben uns gewundert, dass die Herta nicht gekommen ist, und da sind wir hergefahren. Dass wir ...«

»Das heißt, Sie wohnen hier ganz in der Nähe?«, unterbrach ihn Mehringer.

»Ja. Wir sind die nächsten Nachbarn«, erklärte der Jüngere, ein untersetzter Mittdreißiger mit rot angelaufenem Gesicht. »Müssen wir eigentlich noch lange warten?« Er deutete auf die Landpolizisten. »Ich meine, wir haben denen da schon alles erzählt.«

Mehringer ging nicht darauf ein. »Irgendeine Ahnung, wer die beiden umgebracht haben könnte?«, fragte er stattdessen.

»Die Zigeuner«, erwiderte der Alte schnell. »Des waren bestimmt die Zigeuner ...«

»Was für Zigeuner denn?«

»Die letzte Woche auch bei uns waren. Wo sie jetzt ihr Lager haben, weiß ich nicht, aber sie sind bestimmt noch in der Gegend.«

»Und wieso sollten sie das gemacht haben?«

»Wieso? Die sind doch bekannt dafür, dass ...«

»Hör jetzt endlich auf damit, Vater«, unterbrach ihn der jüngere Mann unerwartet energisch. »Wir müssen schauen, dass wir endlich heimkommen.«

»Tut mir leid«, sagte Mehringer, »aber vorerst müssen Sie noch hierbleiben.«

Mehringer drehte sich um und betrat die Scheune. Vor einer Tür linkerhand standen Haberlander und ein Landpolizist mit Fotoapparat in der Hand. Der Geruch war schauderhaft. Er zwängte sich an den beiden vorbei, und blieb wie angefroren stehen. Er hatte zwar schon etliche Brandleichen gesehen, nach einem Autounfall oder nach einem Hausbrand, aber das hier war anders. Zumal augenscheinlich nichts als der Körper, der auf dem rissigen Betonboden lag, Feuer gefangen hatte.

»Schöne Schweinerei, was?«, sagte Kraus zu Mehringer.

»Wer ist das?«

»Schätzungsweise die Bäuerin«, erwiderte der bärtige Mann um die sechzig, der hinter Kraus stand.

Der Arzt vermutlich.

Der Bärtige trat vor und sagte: »Was genau passiert ist, kann ich erst sagen, wenn ich die Leiche obduziert habe. Aber wenn ich Ruß in ihrer Mundhöhle oder im Kehlkopf finde, hat sie noch gelebt, als sie ...«

»Im Kuhstall vorne liegt der Bauer«, unterbrach ihn Kraus. »Der war gleich weg. Wahrscheinlich mit einem Hammer von hinten den Schädel eingeschlagen.«

»Wie ein Raubmord sieht mir das aber nicht aus«, sagte Mehringer.

»Stimmt. Eher schon nach einem Racheakt«, erwiderte Kraus.

»Rache?«, wiederholte Mehringer ungläubig.

»Der Alte draußen hat uns was von Zigeunern erzählt, die letzte Woche hier die Gegend unsicher gemacht haben«, sagte der Polizist mit der Kamera.

»Wahrscheinlich hat die Frau ihnen nichts abgekauft oder sie sonst irgendwie verärgert«, ergänzte Kraus. »Und deswegen sind sie letzte Nacht zurückgekommen und haben sich gerächt, die Schweine.«

»Was meinen Sie dazu?«, wandte sich Mehringer an Haberlander, der mit der Situation sichtlich überfordert schien.

Haberlander zuckte mit den Schultern. »Hat was für sich, finde ich. Man weiß ja, zu was diese Leute fähig sind, wenn man sie in ihrer sogenannten Ehre verletzt.«

»Und warum hat man sie dann nicht im Schlaf erschlagen? Das wäre einfacher gewesen.«

»Das werden wir alles erfahren, wenn wir die Dreckschweine erwischt haben«, sagte Kraus. »Ich werde gleich eine Großfahndung nach der Bande in die Wege leiten. Weit kommen die nicht, das garantiere ich euch.« Nach diesen Worten drehte er sich um und stürmte hinaus.

»Was mich betrifft, bin ich hier fertig«, sagte der Arzt. »Ob die Frau noch am Leben war, als man sie angezündet hat, erfahren Sie heute Abend. Bei ihrem Mann dürfte eine Obduktion unter diesen Umständen eher nicht mehr nötig sein, würde ich sagen.«

Mehringer nickte.

Haberlander folgte dem Arzt ins Freie, der Landpolizist schloss sich ihnen an. Mehringer dagegen betrat den Kuhstall, ging um die Ecke und blieb vor der männlichen Leiche stehen, um deren von Fliegen umschwärmten Kopf sich eine Blutlache gebildet hatte. Man konnte von hier aus bis in den Hausflur blicken. Mehringer grübelte. Wieso hier im Stall und weiter hinten in dieser Werkzeugkammer? Wieso nicht im Wohnhaus? Er wurde nicht schlau aus dem Vorgehen der Täter.

Zurück vor dem Scheunentor wartete er, bis der Arzt weggefahren war. Dann fragte er den Jungbauern: »Gibt es Angehörige? Eltern, Kinder, Geschwister?«

»Der Schorsch hat einen Bruder, den Sepp. Der wohnt aber in München. Arbeitet da bei Krauss-Maffei. Sonst weiß ich von niemandem. Die Eltern vom Schorsch sind schon lange tot.«

»Die beiden waren also kinderlos? Ist das nicht ziemlich selten auf dem Land?«

»Schon ...«

»Na gut. Dann können Sie beide jetzt nach Hause gehen. Wenn hier alles geklärt ist, müsste sich aber jemand von Ihnen um die Tiere kümmern. Meinen Sie, Sie kriegen das hin?«

»Wenn ein Streifenwagen zu unserem Schutz vor der Tür steht, dann schon.«

»Gut, dafür werde ich sorgen.« Mehringer deutete zur Hausbank. »Wissen Sie, wem das Gewehr da gehört?«

»Mir.«

Der Mann holte es sich und die zwei marschierten los. Mehringer wandte sich an die Landpolizisten: »Ich würde vorschlagen, ihr sucht erst einmal die Umgebung ab. Vielleicht gibt es Spuren oder sonstige Hinweise auf die Täter. Von irgendwo müssen die ja hergekommen sein.«

»Machen wir«, erwiderte der Beamte, der die Leichen fotografiert hatte, ohne viel Begeisterung, bevor sich die Gruppe zerstreute.

»Du glaubst nicht, dass es diese Zigeuner waren, oder?«, sagte Haberlander, sowie sie allein waren.

»Warten wir's ab. Aber es würde mich sehr wundern. Was ist mit dem Abtransport der Leichen?«

»Werde ich gleich veranlassen.«

Mehringer nickte. »Gut. Ich schau mich inzwischen mal im Haus um.«

4

In der Küche öffnete er als Erstes das Fenster und die Fensterläden und ließ frische Luft herein. Nach einem Blick in die angrenzende, mit einer Couchgarnitur möblierte Wohnstube stieg Mehringer die gewundene Holztreppe hinauf und inspizierte die Räume im ersten Stock. Er fand drei Schlafräume vor, von denen augenscheinlich nur einer benutzt worden war. Die Bettdecken des Doppelbetts waren nachlässig zurückgeschlagen und auch sonst schien alles an seinem Platz zu sein, sauber und aufgeräumt. Falls es schon im Wohnhaus Gewaltanwendung gegeben hatte, dann nicht hier oben.

Er nahm ein gerahmtes, kleinformatiges Bild von der Kommode und betrachtete es eingehend. Ein Hochzeitsfoto, das ein ungleiches Paar zeigte. Denn während der vielleicht fünfzigjährige Mann in die Kamera grinste und einen irgendwie leichtlebigen Eindruck machte, schaute die etwas jüngere, noch immer sehr gut aussehende Frau ernst und verschlossen drein.

Mehringer überlegte, ob er das Foto mitnehmen sollte, um es in der Lokalzeitung veröffentlichen zu lassen, entschied dann aber, erst den Bruder um Erlaubnis zu fragen.

Er verzichtete darauf, auch den Dachboden in Augenschein zu nehmen, und ging wieder nach unten. In der Stube nahm er eine zerschlissene Wolldecke vom Sofa und ging durch den Flur und die Waschküche zurück in den Kuhstall. Er verscheuchte die Fliegen, breitete die Decke über dem Leichnam aus und versuchte, das Geschehen zu rekonstruieren.

Der eine hier, die andere dort. Doch wie hatten die Täter die beiden mitten in der Nacht nach unten gelockt?

Das klirrende Geräusch der Halsketten, mit denen die Kühe am Stallgitter angebunden waren, brachte ihn auf eine Idee: Vielleicht hatten die Mörder die Kühe irgendwie rebellisch gemacht, etwa durch Schläge auf den Kopf, und dann gewartet, bis der Bauer zum Nachsehen kam. Dann hatten sie ihn erschlagen und mit eisiger Gemütskälte gewartet, bis schließlich auch die Frau nach dem Rechten sehen wollte. Sie brachten sie in ihre Gewalt, schleppten sie in den Werkzeugraum und taten ihr was auch immer an, bevor sie sie mit Benzin übergossen und anzündeten.

Bestien!

Schaudernd ging er wieder in die Stube, öffnete die Türen und Schubläden des Schranks und entdeckte, wonach er gesucht hatte: schriftliche Unterlagen über Haus und Hof und einiges mehr. Darunter auch einen Kreditvertrag mit einer Bank in Marquartstein, bei dem der Bruder Josef Moser als Bürge eingetragen war.

Er nahm alles mit nach draußen und zeigte Haberlander, der sich auf der Hausbank niedergelassen hatte und eine Zigarette rauchte, den Vertrag.

»Wir sollten den Mann gleich verständigen«, sagte er.

»Und wie?«

»Er arbeitet bei Krauss-Maffei in München, haben mir die Nachbarn erzählt. Also hat er vielleicht schon ein Telefon. Wenn nicht, kann uns sicher die Firma weiterhelfen.«

Haberlander nickte, machte aber keine Anstalten, sich zu erheben. Stattdessen steckte er sich eine weitere Zigarette an und sagte mit tonloser Stimme: »Hab immer gedacht, die Sache damals in Kammer wäre das Schlimmste gewesen, was ich je erleben muss. Aber das hier übertrifft alles ...«

»Sie meinen diesen Dreifachmord, der sich kurz nach dem Krieg dort ereignet hat?«

»Ja, was sonst.«

»Hm, ich hab damals in München studiert und die Geschichte nur am Rande mitbekommen. Mein Vater hat mir später zwar davon erzählt, aber an Einzelheiten kann ich mich nicht mehr erinnern.«

Haberlander stieß eine Rauchwolke aus und schloss kurz die Augen, bevor er sagte: »Das erste Opfer war eine 22-jährige Gastwirtstochter, die mit dem Fahrrad auf dem Weg von Kammer nach Traunstein war, um dort ihren Verlobten vom Bahnhof abzuholen. Kurz nach dem Dorf wurde sie in einem Waldstück von einem Mann überfallen, mehrfach vergewaltigt, beraubt und schließlich mit einem Kopfschuss ermordet. Das zweite Opfer war ein Jungbauer, der offensichtlich Zeuge der Tat geworden war und auf die gleiche Weise erschossen wurde. Danach schoss der Kerl mit derselben Waffe auf einen Ausländer, der als Displaced Person in einem Lager in Traunstein untergebracht war und zu einem Freund in Kammer unterwegs war. Der wurde dabei schwer verletzt, überlebte zum Glück aber. Und als wäre das nicht schon genug gewesen, hat er kurz darauf per Kopfschuss noch eine weitere junge Frau getötet und ist anschließend mit ihrem Fahrrad geflüchtet.«

»Großer Gott, das hört sich ja furchtbar an ...«

»Ja, ein richtiger Blutvormittag, wie eine Zeitung geschrieben hat.«

»Und der Täter?«

»Haben wir nie erwischt. Wir hatten zwar eine Spur, aber es hat nicht gereicht.«

»Was heißt das: nicht gereicht?«

»Was es eben heißt«, brauste Haberlander auf.

»Mit anderen Worten: Sie hatten einen Verdächtigen, aber die Beweise haben nicht ausgereicht. Habe ich recht?«

Haberlander zuckte mit den Schultern und starrte an Mehringer vorbei ins Leere.

»Alles vorbei ...«, murmelte er schließlich.

»Jetzt reden Sie schon«, sagte Mehringer. »Wen hatten Sie in Verdacht?«

Haberlander schwieg.

»War es jemand aus der Gegend hier oder ein Flüchtling?«

Die Antwort ließ auf sich warten.

»Ein Einheimischer«, erwiderte Haberlander dann gepresst. »Hat damals in der Nähe von Chieming gewohnt ...«

»Und weiter?«

»Nichts weiter.«

»Jetzt sagen Sie's schon. Oder ich werde Sie ab jetzt jeden Tag danach fragen.«

»Müssen Sie nicht. Überlegen Sie lieber, wer normalerweise eine Waffe hat und damit auch umgehen kann.«

»Ein Polizist?«

»Ja.«

»Der Täter war ein Kollege«, konkretisierte Mehringer bestürzt.

Haberlander nickte und steckte sich noch eine Zigarette an.

Mehringer schüttelte verwirrt den Kopf. Er hatte von Haberlander nie viel gehalten, aber konnte es sein, dass nicht nur der frühe Tod seiner Frau für sein mürrisches Wesen und seinen Alkoholkonsum verantwortlich war, sondern das Versagen in diesem Fall?

»Ich mag Sie, Mehringer«, sagte Haberlander dann unvermutet, »auch wenn Sie manchmal eine ziemlich ungute Art haben sich durchzusetzen, und was ich Ihnen jetzt verrate, behalten Sie gefälligst für sich: Sie können es glauben oder nicht, aber es vergeht kaum ein Tag, an dem ich nicht darüber nachdenke, warum ich mir damals kein Gewehr besorgt und den Kerl aus sicherer Entfernung erschossen habe.«

Mehringer war sprachlos.

»Wäre doch interessant gewesen, gegen mich selbst zu ermitteln«, fuhr Haberlander fort, »meinen Sie nicht auch?«

»Äh, nun ja ...«

Haberlander erhob sich schwerfällig, nahm den Vertrag und ging damit zum Streifenwagen.

Mehringer schnaufte heftig aus, schloss kurz die Augen, versuchte, sich zu sammeln, sah sich schließlich nach den vier ausgeschickten Polizisten um, konnte aber keinen von ihnen entdecken. Er fragte sich, ob sie vielleicht gezielt den Waldrand ringsum absuchen sollten. Könnte doch sein, dass die Täter zumindest beim Warten Spuren hinterlassen hatten?

»Ich schau mich selbst mal hier draußen um«, rief er Haberlander hinterher. Er bog um die Ecke, umrundete Odelgrube und Misthaufen und fand hinter der Scheune zwei der Landpolizisten vor, die sich gerade Zigaretten anzündeten.

»Und, was entdeckt?«, fragte Mehringer, obwohl er sich die Antwort denken konnte.

»Bringt ja nichts, wenn's doch die Zigeuner waren«, erwiderte der eine, den Mehringer zuvor angewiesen hatte, den toten Hund abzudecken. Ein grobschlächtiger, gut fünfzigjähriger Mann mit einer Narbe an der linken Schläfe.

Mehringer unterdrückte nur mühsam seinen Ärger. »Und wenn nicht?«

»Dann eben nicht.«

»Ich muss schon sagen, euer Diensteifer ist wirklich beeindruckend.«

»Tja, das mit dem Dienst ist so eine Sache, Herr Kommissar. Ich glaube nicht, dass Sie da mitreden können.«

Mehringer ignorierte die Anspielung, doch bevor er antworten konnte, steckte Haberlander seinen Kopf um die Ecke und rief: »Wo sind Sie, Mehringer? Wir haben sie.«

»Da sehen Sie's«, sagte der Narbige und grinste verächtlich.

Mehringer verzichtete auf eine Antwort und ging zurück. Haberlander saß bereits auf dem Beifahrersitz des VW Käfer. Mehringer setzte sich ans Steuer. »Und wo?«

»Ein paar Kilometer östlich vom Bahnhof Lauter, direkt neben der Bahnstrecke.«

5

Mehringer fuhr los. Während Haberlander vor sich hindöste, fragte er sich, was wohl alles auf sie zukommen würde, sollte sich der Hinweis auf diese Zigeuner als Reinfall erweisen. Heute blieb es vielleicht noch ruhig, aber spätestens morgen würde sich die Nachricht von dem Doppelmord wie ein Lauffeuer in der Gegend verbreiten und für Angst und Schrecken sorgen. Dann würden auch auswärtige Journalisten und Radioreporter aufkreuzen und sie zusätzlich unter Druck setzen. Er warf Haberlander einen kritischen Blick zu. Ob der diesem Druck standhalten würde? Wohl kaum. Also würde er Unterstützung aus München anfordern, vor allem Experten, die sich auf die Spurensicherung verstanden. Mehringer versprach sich nicht viel davon, aber er trug auch nicht die Verantwortung.

Nachdem sie Traunstein passiert hatten, folgte er der B 304 in Richtung Teisendorf, bog bei Lauter ab und fuhr in Sichtweite der Bahnlinie München-Salzburg weiter, bis er nach einer Unterquerung der Gleise das Lager der Zigeuner erblickte. Es lag unterhalb der Bahnböschung in einer teils bewaldeten Senke, die von einem kleinen Bachlauf durchzogen wurde. Er parkte hinter dem Dienst-Opel der Kriminalpolizei und lief an den Fahrzeugen der Landpolizei und einem Traktor vorbei zum Lager.

Mehringer zählte fünf Wohnwagen und ein halbes Dutzend Pferde, die in einem provisorischen Pferch standen. Hunde liefen umher und in der Luft hing Rauch. Doch dann traute er seinen Augen nicht. Auf dem freien Platz zwischen den Wohnwagen knieten vier Männer und zwei junge Burschen auf dem Boden, mit verbundenen Augen und am Rücken gefesselten Händen. Ein Anblick, der Mehringer an Fotos von Massenexekutionen erinnerte, durchgeführt von Einheiten der SS an Zivilisten.

An die zwanzig Frauen und Kinder drängten sich mit angsterfüllten Gesichtern dahinter. Dazu waren ringsum Landpolizisten damit beschäftigt, die Wohnwagen zu durchsuchen und allerlei Sachen kurzerhand ins Freie zu werfen: Decken, Mäntel, Geschirr.

Mehringer war bestürzt, das ging eindeutig zu weit. Er trat auf Kraus zu, der mit verschränkten Armen lässig an einem der Wohnwagen lehnte, und sagte leise: »Sag mal, spinnst du? Was soll das?«

»Was meinst du?«

»Das weißt du genau.«

»Ich versuch nur, die Sache unter Kontrolle zu halten, bis wir die Bande abtransportiert haben.«

»Und wohin, wenn ich fragen darf?«

»In die Kaserne der Landpolizei natürlich.«

»Und mit welcher Begründung? Weil sie behaupten, unschuldig zu sein?«

»Genau. Alle die reinsten Unschuldslämmer. Aber die klopfen wir schon weich, wirst sehen.«

Nun war auch Haberlander hinzugetreten. Mehringer blickte ihn fragend an, doch Haberlander grinste nur und sagte zu Kraus: »Scheint so, als hättest du alles im Griff.«

Einer der Landpolizisten beugte sich aus einem der Wagen und fuchtelte mit einer Machete herum. »Seht mal, was ich gefunden habe.«

»Die brauchen sie wahrscheinlich nur, um Holz zu machen«, sagte Mehringer.

Kraus stieß sich vom Wagen ab, legte seine rechte Hand auf Mehringers Schulter und flüsterte ihm ins Ohr. »Jetzt pass mal auf, du Klugscheißer. Wir erledigen das hier auf meine Weise. Also reg dich ab und mach einen kleinen Spaziergang, bis wir fertig sind.«

Mehringer zögerte. Er wollte keinen Streit, schon gar nicht vor aller Augen. Aber das hier konnte er Kraus nicht durchgehen lassen. Egal, was Haberlander davon hielt oder die Landpolizisten dachten. Er blickte Kraus fest in die Augen und sagte leise, aber mit Nachdruck: »Jetzt pass du mal auf: Entweder du nimmst ihnen jetzt die Augenbinden ab und lässt sie ganz normal auf dem Boden sitzen oder ich erlaube es ihnen. Nur ist dann deine Autorität beim Teufel und sie wissen, dass du nur ein kleiner Wichtigtuer bist, den keiner ernst nehmen muss.«

Kraus zitterte vor Wut, gab schließlich aber nach. Er versetzte Mehringer einen scheinbar freundschaftlichen Klaps gegen die Brust, ganz so, als hätten sie sich soeben geeinigt, und zischte: »Das zahl ich dir heim, du Scheißzigeunerfreund.« Danach trat er vor und befahl den sechs Männern mit barscher Stimme, sie sollten sich hinsetzen und ja keine Dummheiten machen, bevor er einen der Landpolizisten anwies, ihnen die Augenbinden abzunehmen.

Mehringer ging zufrieden zwischen den Wohnwagen hindurch und ein paar Schritte den Bach entlang, wo ihm eine alte Zigeunerin plötzlich den Weg verstellte und nach seiner rechten Hand griff. Mehringer, der von solchen Sachen nichts hielt, zuckte zurück, doch die Alte ließ nicht locker. Sie blickte ihm tief in die Augen und obwohl er sich dagegen wehrte, wurde es Mehringer unvermutet anders zumute. Also ließ er zu, dass die Frau etliche Augenblicke seine Handinnenfläche betrachtete und dann leise und mit starkem Akzent sagte: »Sie sind ein guter Mensch. Aber Sie werden bald eine schwere Prüfung erleben.«

»Eine Krankheit?«

Sie schüttelte kaum merkbar den Kopf.

»Was dann?«

Doch die Alte wandte sich wortlos ab und war im nächsten Moment wie vom Erdboden verschluckt.

6

»Dann müssen wir jetzt keine Angst mehr haben?« Die Bäuerin vom Michl-Hof, eine rundliche Frau um die dreißig mit weichen Gesichtszügen, blickte Mehringer erwartungsvoll an.

Mehringer hob abwehrend die Hände. »Das weiß ich nicht. Ich kann Ihnen nur sagen, dass wir östlich von Traunstein eine Gruppe von Zigeunern festgenommen haben. Ob es dieselben sind, die vor einer Woche hier in der Gegend waren, wissen wir noch nicht. Und erst recht nicht, ob sie als Täter in Frage kommen.«

»Das heißt, sie werden noch verhört?«, fragte der Michl-Hof-Bauer.

»Genau.«

»Und wenn nichts dabei herauskommt?«

»Dann ...«

»Dann kann doch keiner mehr ruhig schlafen«, unterbrach der Vater des Bauern den Kommissar. »Sie haben doch selbst gesehen, zu was diese Verbrecher fähig sind. Die schlachten uns alle ab, wenn sie nicht kriegen, was sie wollen.«

»Jetzt beruhigen Sie sich. Wir tun alles, was in unseren Kräften steht ...« Mehringer deutete zur Haustür. »Aber vielleicht können wir drinnen weiterreden. Ich hätte da noch ein paar Fragen bezüglich der beiden Opfer.«

»Was für Fragen denn?«

»Warten Sie's ab ...«

Geführt von der Bäuerin, betrat Mehringer das Haus und nahm in der Stube am Tisch unter dem Herrgottswinkel Platz. Der Bauer und sein Vater Toni gesellten sich zu ihm, die vier Kinder und die Magd, eine ältere Frau mit griesgrämiger Miene, blieben draußen.

»Möchten S' was trinken?«, fragte die Bäuerin, die in der Tür zur Küche stehengeblieben war. »Wir haben auch einen selbst gebrannten Schnaps.«

Mehringer winkte ab. »Lieber nicht. Aber wenn Sie vielleicht eine Tasse Kaffee hätten?«

»Mache ich Ihnen.«

Die Bäuerin verschwand in der Küche.

»So, jetzt lassen wir die Zigeuner mal aus dem Spiel«, sagte Mehringer, während er Stift und Notizbuch aus der Jacke holte, »und Sie sagen mir, ob Ihnen in den letzten Tagen oder Wochen etwas aufgefallen ist.«

»Was denn aufgefallen?«

»Fremde Leute zum Beispiel ...«

»Nur die Kraller Anni«, erwiderte der Michl-Bauer, ohne lange zu überlegen.

Bevor Mehringer nachhaken konnte, sagte Toni: »A Hausiererin. Aber die hat bestimmt nix damit zu tun.«

Aber vielleicht etwas beobachtet, dachte Mehringer. Er notierte sich den Namen der in Siegsdorf wohnhaften Frau und fragte dann: »Waren die Mosers denn gute Nachbarn? Sind Sie mit ihnen ausgekommen?«

»Eigentlich schon", erwiderte der Michl-Bauer. „Der Schorsch war zwar nicht gerade der Fleißigste und hat auch gerne mal einen über den Durst getrunken, aber dafür war die Herta umso tüchtiger.«

»Ging der Herr Moser nebenher noch einer Arbeit nach? Ich meine, das Anwesen ist doch ziemlich klein. Fünf Kühe und ein Schwein, soviel ich gezählt habe.«

Der Michl-Bauer nickte. »Hat er gemacht, aber nur von April bis Oktober. Da hat er beim Mooshammer mitgeholfen, einer Baufirma in Grassau.«

Mehringer notierte sich den Namen der Firma und sagte: »Was mich gewundert hat, ist, dass die beiden keine Kinder hatten.«

»Seine erste Frau, die Leni, war dauernd krank und ist auch früh gestorben. Magenkrebs«, sagte die Bäuerin, während sie Mehringer die Tasse mit dem Kaffee hinstellte.

»Dann war diese Herta also seine zweite Frau?«

»Ja. Und weil Sie's wahrscheinlich ganz genau wissen wollen: Sie war aus Frankfurt und kennengelernt haben sie sich über ein Heiratsinstitut in Traunstein.« Sie setzte sich ebenfalls an den Tisch. »Und wenn Sie mich fragen, eine Bessere hätte er nicht finden können. Auch wenn er sie nur geheiratet hat, weil er jemanden für die Arbeit auf dem Hof gebraucht hat.«

»Und die Frau hat da mitgemacht?«

Die beiden Bauersleute wechselten einen vielsagenden Blick.

»Ich glaube, die Herta ist vor irgendwas davongelaufen«, sagte die Michl-Bäuerin dann mit nachdenklicher Miene. »Sie hat zwar nie darüber gesprochen, aber g'spürt hat man's.«

»Und Sie haben sie auch nie darauf angesprochen?«

»Ganz am Anfang schon, aber wenn man merkt, dass ein Mensch ned reden mag ...«

Mehringer rollte den Stift zwischen seinen Fingern. »Wissen Sie zufällig auch den Namen des Instituts in Traunstein?«

»Na, leider ned.«

»Und haben die beiden mit jemandem Streit gehabt? Richtige Feinde vielleicht sogar?«, fragte Mehringer nach einem Schluck Kaffee.

»Ned, dass ich wüsst'«, erwiderte der Michl-Bauer. »Und selbst wenn, des macht doch kein normaler Mensch: einen anderen bei lebendigem Leib anzünden.«

Mehringer blickte von einem zum anderen, konnte aber nichts Auffälliges feststellen. Nur drei Menschen, erfasst von Sorge und Angst. Ein Eindruck, der aber auch täuschen konnte. Vielleicht gab es eine geheime Fehde zwischen den beiden Familien, die sich nun in einer beispiellosen Gewalttat entladen hatte. Vielleicht konnten ihm andere Nachbarn oder auch die Hausiererin da weiterhelfen.

»Also dann.« Mehringer nahm einen letzten Schluck von seinem Kaffee und erhob sich.

Die Bauersleute standen ebenfalls auf, nur Toni blieb sitzen.

»Wann glauben Sie denn, dass Sie wissen, ob's diese Zigeuner waren oder nicht?«, fragte der Michl-Bauer beim Hinausgehen.

»Schwer zu sagen, aber wir halten Sie auf dem Laufenden«, sagte Mehringer, bevor er in den Streifenwagen einstieg. »Und bis dahin bewahren Sie bitte Ruhe.«

7

Wieder am Feldkreuz angekommen, stoppte Mehringer den Wagen und blickte sich nachdenklich um. Sollte er gleich noch andere Nachbarn befragen oder sich zuerst in Unterwössen umhören? Vielleicht hatte doch irgendjemand etwas Ungewöhnliches beobachtet. Die Täter konnten schließlich nicht vom Himmel gefallen sein! Doch bevor er sich entscheiden konnte, sah er, wie vom Dorf her drei Buben die Straße entlangkamen. Vermutlich in der Absicht, einen Blick auf das »Mordhaus« zu werfen.

Sie blieben jedoch auf halber Strecke stehen, anscheinend unschlüssig, ob sie sich in seine Nähe wagen sollten. Mehringer stellte kurzentschlossen den Motor ab und stieg aus. Dann zog er seine Marke, hielt sie gut sichtbar in die Höhe und winkte die Buben zu sich heran.

»Sind Sie echt ein Kriminalpolizist?«, wollte der Größte, ein vielleicht vierzehnjähriger Blondschopf, von ihm wissen.

»Bin ich«, erwiderte Mehringer und steckte die Marke wieder ein.

»Und, wissen Sie schon, wer der Mörder ist?«

»Darüber darf ich nichts sagen. Aber ihr könnt mir vielleicht weiterhelfen. Ist euch in den letzten Tagen irgendetwas aufgefallen? Vielleicht ein Mann, der fremd hier war? Oder sich seltsam verhalten hat? Oder gar mehrere?«

Alle drei schüttelten unisono den Kopf.

Wäre auch zu schön gewesen, dachte Mehringer und deutete in Richtung Dorf. »Gut, dann geht ihr jetzt am besten wieder nach Hause.«

»Was meinen Sie mit seltsam?«, fragte unvermutet einer der beiden Kleineren, der als Einziger Schuhe trug.

»Na ja, zum Beispiel jemand, der nicht gesehen werden wollte, der weggelaufen ist, als ihr in seine Nähe gekommen seid.«

»Stimmt, da war mal einer ...«, entfuhr es dem Blonden nach einer kurzen Pause.

»Wo?«, fragte Mehringer. »Und vor allem, wie hat er ausgesehen?«

»Wisst ihr noch, wie wir mit den Huber-Brüdern Trapper und Indianer gespielt haben?«, wandte sich der Blonde an seine Begleiter. »Da haben wir doch einen gesehen, der unten am Waldrand gehockt ist und zum Moser-Hof geschaut hat.«

»Genau«, bestätigte der Schuhträger.

»Und weiter?«, fragte Mehringer.

Der Blonde zuckte mit den Schultern. »Er war dann plötzlich weg.«

»Kannst du ihn beschreiben?«

»Na ja, er war schon ziemlich alt, würde ich sagen, so um die fünfzig. Aber ziemlich groß und kräftig.«

»Würdest du ihn wiedererkennen?«

»Hm, eher nicht.«

»Und wann genau war das?«

»So genau weiß ich das nicht mehr. So kurz nach den Osterferien, würde ich sagen.«

Mist, dachte Mehringer. Ostern lag bereits über einen Monat zurück.

»Na schön«, sagte er. »Wenn euch noch etwas einfällt, sagt euren Eltern Bescheid. Die sollen sich dann bei der Kripo in Traunstein melden.«

Die Buben nickten eifrig. Dann machte die kleine Gruppe kehrt und Mehringer stieg wieder in seinen Wagen, um den Hohlweg hinabzufahren, der zum Moser-Anwesen führte. Die Streifenwagen der Landpolizei waren weg, stattdessen stand ein dunkelblauer Benz mit Münchner Kennzeichen in der Zufahrt. Zu sehen war niemand. Nur der tote Hund war verschwunden. Mehringer parkte hinter dem Benz ein und stieg aus. Er wartete kurz und rief dann: »Hallo ... Ist jemand zuhause?«

Keine Reaktion.

Mehringer stand schon vor der sperrangelweit offen stehenden Haustür, da kam ein muskulöser, gut fünfzigjähriger Mann mit nacktem Oberkörper um die Hausecke und blickte ihn forschend an.

»Polizei?«, fragte er.

Mehringer zückte seine Marke. »Kripo Traunstein. Und wer sind Sie?«

»Vermutlich der neue Hausherr«, erwiderte der Mann.

»Also Josef Moser?«

»Sie haben's erfasst.«

»Mein Beileid.«

Moser drehte den Kopf zur Seite und blickte mit angespannter Miene in die Ferne.

»Und, haben Sie schon eine Spur?«, fragte er schließlich.

»Könnte sein, dass ein paar Zigeuner etwas damit zu tun haben, die vor Kurzem hier in der Gegend waren. Aber Genaueres werden wir vermutlich erst heute Abend wissen.«

»So so, Zigeuner.« Er bemerkte Mehringers verwunderten Blick. »Bin gerade dabei, den armen Nero zu begraben. Möchten Sie ihm vielleicht auch die letzte Ehre erweisen?«

Mehringer nickte und folgte Moser auf die Rückseite des Hauses, wo neben dem mit einer Decke eingewickelten Hunde-Kadaver bereits ein tiefes Loch in der Wiese ausgehoben war. Er sah schweigend zu, wie Moser das Tier in das Loch beförderte und dieses dann mit verbissener Miene wieder zuschaufelte.

»Hab ihn verdammt gern gehabt, diesen Köter«, sagte Moser zwischendurch. »Eine verdammte Schande, das alles.«

»Ich hätte nicht gedacht, dass Sie so schnell kommen«, sagte Mehringer.

»Mein Chef hat mir sein Auto überlassen.«

»Verstehe.« Mehringer räusperte sich. »Haben Sie die Leichen schon gesehen?«

»Ja, habe ich.«

»Ich nehme an, Sie haben auch keine Erklärung für diese schreckliche Sache?«

Moser trampelte die Erde glatt und wandte sich zum Gehen. »Und was für einen Grund sollten diese Zigeuner gehabt haben?«, fragte er auf dem Rückweg.

»Gute Frage. Mein Kollege meint, dass sie sich gerächt haben könnten, weil Ihre Schwägerin ihnen nichts abkaufen wollte. Oder sie sogar beleidigt hat.«

»Die Herta hat nie jemanden beleidigt.«

»Nun ja, wir sind ja erst ...«

»Da hat jemand einen ganz anderen Grund gehabt, wenn Sie mich fragen«, unterbrach ihn Moser. »Darum sollten Sie sich kümmern.«

»Offen gesagt, sehe ich das auch so. Aber wer und warum?«

Moser lehnte die Schaufel gegen die Hauswand und griff nach dem Hemd, das auf der Hausbank lag. Er streifte sich das Hemd über und deutete zur Haustür. »Gehen wir rein und trinken was.«

Mehringer setzte sich in der Küche an den Tisch, während Moser eine Flasche Kräuterlikör und zwei Gläser aus dem Küchenbuffet nahm. Er schenkte ein und schob Mehringer das Glas zu.

»Halten Sie mich jetzt nicht für gefühllos«, sagte Moser, nachdem er sich zu Mehringer an den Tisch gesetzt und eine Zigarette angesteckt hatte. »Ich hab meinen Bruder gemocht, keine Frage, hab ihn auch nach Möglichkeit unterstützt, aber verstanden haben wir uns nie.«

»Und wie sind Sie mit seiner zweiten Frau, dieser Herta, ausgekommen?«

Moser lachte kurz. Es klang ziemlich bitter. »Die Herta war sein Sechser im Lotto. Nur hat er's nie gemerkt.«

»Von ihren Nachbarn auf dem Michl-Hof habe ich erfahren, dass sich die beiden über ein Heiratsinstitut in Traunstein kennengelernt haben.«

»Genau. Das war im Frühjahr '52. Da hat er mir geschrieben, dass er endlich eine Frau für den Hof gefunden hat.«

»Für den Hof?«

Moser zuckte mit den Schultern. »So war er halt. Eine Liebesheirat konnte man es jedenfalls nicht nennen.«

»Die Bäuerin vom Michl-Hof meinte, dass sie vor irgendetwas weggelaufen sein könnte. Wissen Sie da vielleicht Genaueres?«

Moser blickte an Mehringer vorbei zum Fenster hinaus. Nach einer Weile sagte er: »Sie hat nur mal erwähnt, dass sie die Großstadt nicht mehr ertragen hat. Diese ganze Geschäftemacherei und all die ehrbaren Bürger, die plötzlich alle keine Nazis gewesen sein wollten, sondern gegen Hitler, wenn nicht sogar im Widerstand.«

»Kann ich verstehen.«

»Ja. Aber da war noch etwas anderes.«

»Ja?«

»Ich verstehe nicht viel davon, aber manchmal wirkte sie so, als wäre sie gar nicht anwesend. Oder war plötzlich tieftraurig.«

»Aber Sie haben nie nachgefragt?«

»Nein.«

Mehringer leerte sein Schnapsglas und lehnte sich zurück. »Und Sie? Was werden Sie jetzt machen? Ich meine, mit dem Hof hier?«

Moser machte eine vage Handbewegung. »Ich werde erst einmal hierbleiben und alles regeln, was sonst. Zum Glück kann ich auch melken, so dass ich die Viecher nicht gleich zu einem Schleuderpreis verkaufen muss.«

»Haben Sie denn keine Angst?«

»Angst?«

»Nun ja, solange wir die Mörder nicht gefasst haben.«

»Glauben Sie vielleicht, die kommen zurück?«

»Das nicht gerade. Trotzdem sollten Sie vorsichtig sein.«

»Keine Sorge.« Moser lächelte grimmig. »Und wenn doch, werden die eine böse Überraschung erleben.«

»Sie haben eine Waffe?«

»Und wenn es so wäre?«

»Eine Pistole?«

Moser nickte.

»Zeigen Sie mir das Ding.«

»Nur, wenn ich sie behalten darf.«

»Wüsste nicht, was dagegen sprechen sollte. Ich möchte nur nicht, dass Sie versehentlich auf Leute schießen, die sich nur aus Neugierde hier herumtreiben. Oder Ihnen vielleicht sogar ihre Hilfe anbieten möchten.«

»Na, dann kommen Sie mal mit.« Moser stand auf, ging hinaus und voran zu seinem Benz. Er öffnete das Handschuhfach, holte eine silbrig glänzende, großkalibrige Pistole heraus und hielt sie Mehringer hin.

»Eine 45er Automatik der US-Armee Modell 1911«, erklärte er.

»Sieben Schuss im Magazin.«

Mehringer nahm die Pistole in die Hand. Sie fühlte sich gut an. Eine perfekte Handfeuerwaffe, wie ihm schien.

»Hat angeblich einem amerikanischen Offizier gehört, der dafür was immer auch eingetauscht hat«, sagte Moser.

»Und, können Sie damit auch umgehen?«

Moser verzog das Gesicht. »Na ja, ich weiß, wie sie funktioniert. Aber weil ich nur das eine Magazin habe, wollte ich keine Patrone für Schießübungen verschwenden.«

Mehringer gab dem Mann die Pistole zurück. »Dann wollen wir mal hoffen, dass es dabei bleibt.«

8

Es war schon dunkel, als Mehringer nach Hause kam. Doch er hatte kaum die Wohnung betreten, als Gerda ihm aufgeregt mitteilte, dass vor einer halben Stunde sein Vater hier gewesen sei und nebenan im Biergarten der Gastwirtschaft auf ihn warten würde.

»Das glaube ich jetzt nicht«, sagte Mehringer überrascht.

»Ist aber so. Und bei dir? Was war denn so dringend, dass du den ganzen Tag über weggeblieben bist?«

»Das erzähle ich dir später ...« Oder auch nicht, dachte er.

»Willst du vorher noch eine Suppe essen?«

»Nein, danke. Wenn schon, dann möchte ich es gleich hinter mich bringen.«

Sein Vater saß allein an einem Tisch, bekleidet mit einem dunkelblauen Sommermantel, den eleganten Filzhut tief in die Stirn gezogen. Er hatte ein volles Glas mit Rotwein vor sich stehen und blickte erst auf, als Mehringer vor ihm stand.

»Wenn dich hier einer erkennt, ist dein Ruf ruiniert ...«, sagte Mehringer.

»Dass mein Ruf nicht mehr der allerbeste ist, dafür hast du schon ganz allein gesorgt, meinst du nicht?«

Mehringer setzte sich an den Tisch. »Also, was willst du?«

»Einen Bericht aus erster Hand, was sonst.«

»Das darf ich nicht.«

»Mach dich nicht lächerlich. Ein Anruf beim Haberlander und ...« Sein Vater verstummte und gab Mehringer zu verstehen, dass er sich um Gustav, der zögerlich an den Tisch getreten war, kümmern solle.

»Wir sind gleich wieder weg«, sagte Mehringer zu dem Wirt.

Gustav nickte, warf Mehringers Vater noch einen neugierigen Blick zu und ging wieder hinein.

Mehringer zögerte einen Augenblick, erzählte dann aber in groben Zügen, was sich auf dem Moser-Hof zugetragen hatte. Die Festnahme der Zigeuner erwähnte er nur kurz, und auch das magere Ergebnis seiner eigenen Ermittlungen deutete er lediglich an. Dass Haberlander gedroht hatte, ihn zu suspendieren, sollte er Kraus und dessen Verhörmethoden weiter behindern, verschwieg er. Auch in der Hoffnung, dass diese Zigeunersippe bald einen Anwalt auftrieb, der sich ihrer Sache annahm.

»Aber wenn es kein Racheakt war, was soll es dann gewesen sein?«, fragte sein Vater nach kurzem Nachdenken. »Vielleicht doch ein Raubüberfall? Oder ein Streit unter Nachbarn?«

»Von irgendwelchen Feindschaften habe ich nichts erfahren, jedenfalls bis jetzt nicht«, sagte Mehringer. »Und ein Raubüberfall macht erst recht keinen Sinn. Da war nichts zu holen.«

»Die Frage ist nur, ob das auch den Tätern bekannt war?«

»Dann hätten sie schon stockblind sein müssen.«

Sie saßen eine Weile schweigend da. Mehringer dachte an den Tag, an dem er seinen Eltern verkündet hatte, dass er, statt eine Laufbahn als Staatsanwalt oder Richter einzuschlagen, zur Kriminalpolizei gehen werde. Eine Entscheidung, die bei seinem Vater nicht gerade auf Begeisterung gestoßen war: »Du bist ein kluges Kerlchen mit vielen Qualitäten, das wissen wir beide. Aber die Kripo braucht harte Burschen, die auch mal hinlangen können, wenn ein Verdächtiger nicht spurt. Oder so ein Prolet mit einem Messer auf dich losgeht. Und dafür bist du nicht geschaffen. Also bleib lieber bei deinen Akten und Gesetzbüchern und überlass diese Knochenarbeit anderen, die mehr davon verstehen« – »Du meinst all die Herrschaften, die ihr Handwerk bei der Gestapo gelernt haben und jetzt wieder randürfen, weil man kein schmutziges Wasser wegschüttet, solange kein sauberes da ist, wie es der Adenauer so schön formuliert hat.« – »Du weißt genau, dass nicht alle mit diesem Regime einverstanden waren.« – »Aber auch nichts dagegen unternommen haben ...«

Sein Vater nippte an seinem Rotwein und verzog abschätzig das Gesicht. »Wie auch immer«, sagte er schließlich, »wenn du es richtig anpackst, kannst du mit diesem Fall Karriere machen.«

»Ich?«

»Ja, wer denn sonst? Der Haberlander ist ein alter Säufer, der nur noch auf seinem Posten sitzt, weil er zu viel weiß über so manche Herrschaften in der Stadt. Und schon gar nicht dieser nassforsche Kraus, der meint, weil er mal Kommandeur einer Feldjäger-Einheit war, sei er der geborene Kriminalist.«

»Du bist ja gut informiert.«

»Eben. Außerdem bist du der Einzige von dem Haufen, der studiert hat.«

»Dazu müsste ich den Fall aber erst einmal lösen«, sagte Mehringer. »Aber solange der Kraus an seinen Zigeunern festhält, sehe ich da schwarz.«

Sein Vater legte Mehringer die Hand auf den Arm. Eine unerwartete Geste, die Mehringer überraschte – und trotz aller Kontroversen tief berührte. »Lass ihn erst einmal machen. Und wenn er dann auf die Schnauze fällt, bist du an der Reihe.«

Sie standen beide gleichzeitig auf und wandten sich dem Seehuberweg zu. Vor Gerdas Wohnung angekommen, machte sein Vater eine Kopfbewegung nach oben und sagte: »Ich hoffe nur, sie ist es wert, dass du deine Familie derart bloßstellst.«

»Gute Nacht, Vater.«

9

Ein paar erste Kirchgänger kreuzten Mehringers Weg, als er am Stadtplatz entlang auf das Rathaus zuging, wo im obersten Stock die Kriminalpolizei ihre Diensträume hatte. Das Büro, das er sich mit Kraus und einer Sekretärin teilte, war noch verwaist. Er stellte die Aktentasche neben seinem Schreibtisch ab, öffnete das Fenster und blickte auf den Kirchturm der Stadtpfarrkirche St. Oswald gegenüber. Er war kein gläubiger Mensch, aber in diesem Augenblick beneidete er Menschen, die Halt und Trost im Glauben fanden. Die davon überzeugt waren, dass es eine höhere Macht gab, die alles im Blick hatte und dem Schicksal eines jeden Einzelnen einen Sinn verlieh.

Die Frage war nur, welchen Sinn die grausame Ermordung zweier einfacher Bauersleute haben sollte.

Zurück am Schreibtisch nahm er sein Notizbuch zur Hand und plante die nächsten Schritte. Bei der Baufirma in Grassau, bei der Georg Moser beschäftigt gewesen war, konnte er erst morgen anklopfen. Er bezweifelte zwar, dass Mosers Kollegen oder sein Chef viel zur Aufklärung beitragen konnten, aber nachfragen musste er. Anders bei dem Heiratsinstitut, über das Moser und Herta Buchinski sich kennengelernt hatten. Da könnte er vielleicht noch heute nachforschen und herausfinden, woher die Frau genau gekommen war und was sie bewogen hatte, ausgerechnet in Traunstein die Dienste eines Heiratsinstituts zu bemühen. Denn ziemlich merkwürdig war dies schon: Eine Frau aus der Großstadt, die in einen 500 Kilometer entfernten Hof einheiratet, der kaum etwas abwirft. War sie vielleicht wirklich vor irgendetwas auf der Flucht gewesen? Oder hatte sie gar selbst Dreck am Stecken gehabt?

Mehringer griff gerade nach dem Telefonbuch, das in einer Schublade seines Schreibtisches lag, als der Apparat klingelte. Er legte das Buch vor sich hin und nahm den Hörer ab.

»Kriminalpolizei ...«

»Und, haben Sie den Mörder schon gefasst?«, fragte eine dumpfe, leicht aggressiv klingende Männerstimme.

»Darüber darf ich keine Auskunft geben«, erwiderte Mehringer. »Mit wem spreche ich denn?«

»Wer ich bin, spielt keine Rolle. Also, ja oder nein?«

Mehringer sagte nichts.

»Also nein. Hätte mich auch gewundert.«

Unverschämter Kerl! Mehringer straffte sich und sagte: »Entweder Sie sagen mir jetzt, wer Sie sind und was Sie wollen, oder ich lege auf.«

»Das würde ich an Ihrer Stelle schön bleiben lassen. Ich weiß zwar nicht, wieso ich Ihnen die Arbeit abnehmen soll, aber ich habe Informationen, die Ihnen den Mörder quasi frei Haus liefern.«

Mehringer stieß einen Seufzer aus. »Na schön, ich bin ganz Ohr.«

»Sehr freundlich. Also passen Sie gut auf. Die Sache ist nämlich die: Ich weiß zufällig, dass die Tote, also diese Herta Moser, einen Liebhaber hatte.«

»Und was soll interessant daran sein?«

»Warten Sie's ab. Ich weiß nämlich auch, dass der Kerl wollte, dass sie den Moser verlässt und mit ihm durchbrennt.«

»Was sie aber nicht gemacht hat, so wie es aussieht.«

»Eben. Und genau da liegt der Hund begraben.«

»Worauf wollen Sie hinaus?«

»Worauf wohl? So wie ich die Sache sehe, hat sich der Kerl jetzt gesagt: Wenn ich sie nicht kriegen kann, dann soll sie auch kein anderer haben. Schon gar nicht so ein Schwächling wie der Moser Schorsch.«

»Sie meinen also, das Motiv war Eifersucht?«

»Garantiert. Oder glauben Sie im Ernst, dass irgendwer versucht hat, die Mosers auszurauben?«

»Schön und gut, aber dann hätte es doch gereicht, wenn er nur die Frau getötet hätte und nicht gleich beide.«

»Vielleicht. Aber was weiß ich, was im Kopf von so einem Verrückten vor sich geht.«

»Und, hat dieser Verrückte auch einen Namen?«

»Er heißt Kreuzeder. Andreas Kreuzeder. Ist ein Holzfäller, der im Zuhaus vom Riedler-Hof ein Zimmer hat.«

»Und woher wissen Sie das alles?«

»Meine Sache. Jedenfalls ist der Kerl leicht zu finden. Sie fahren am Moser-Hof vorbei die Straße dort einfach weiter, bis es nach ungefähr einem Kilometer rechts einen Hügel zum Riedler-Hof raufgeht.« Er machte eine kurze Pause. »Also dann, greifen Sie zu, Herr Kommissar.« Und aufgelegt hatte er.

Mehringer legte ebenfalls auf und verharrte angespannt auf seinem Stuhl. War die Lösung des Falls wirklich so einfach? Ein Mord aus Eifersucht und verschmähter Liebe? Und noch etwas beschäftigte ihn: Wieso hatte der Anrufer keine Belohnung geltend gemacht? Wer konnte es sich in diesen Zeiten leisten, einfach so darauf zu verzichten? Doch bevor er einen Entschluss fassen konnte, kam Kraus zur Tür herein. Sichtlich schlecht gelaunt und nachlässig gekleidet. Er warf Mehringer einen gereizten Blick zu, bevor er sich an seinen Schreibtisch setzte und ins Leere starrte.

»Macht es keinen Spaß mehr, Zigeuner zu verprügeln, oder was willst du sonst hier?«, fragte Mehringer.

Kraus verzog nur das Gesicht und zündete sich eine Zigarette an.

»Und jetzt?«

»Bleiben alle in Haft.«

»Und mit welcher Begründung?«

»Scheiß auf deine Begründung. Ich gehe jetzt zum Frühschoppen, und danach knöpf ich mir die Schweine nochmal vor. Einen nach dem anderen.«

»Ich hoffe nur, du hast bisher keinen allzu schwer verletzt dabei.«

»Und wenn, was geht's dich an?«

Mehringer lächelte aufmunternd. »Weil es sein könnte, dass uns der wahre Täter gerade in den Schoß gefallen ist.«

»Hä?« Kraus starrte Mehringer verdutzt an.

»Komm«, sagte Mehringer und griff nach seiner Aktentasche. »Machen wir einen kleinen Ausflug.« Er holte die Walther PPK aus der Tasche, steckte sie in seine rechte Jackentasche und stand auf.

10

Dieses Mal hatte Mehringer das Steuer des alten Opels übernommen.

Kraus hüllte sich die ersten paar Kilometer in Schweigen, starrte missmutig zum Fenster hinaus und rauchte eine Zigarette.

»Offen gesagt, geht mir deine schlechte Laune langsam auf die Nerven«, sagte Mehringer schließlich, als sie die Ortsdurchfahrt von Bergen erreicht hatten. »Ich bin zwar auch skeptisch, was diesen Holzfäller angeht, aber es ist zumindest eine konkrete Spur.«

»Und ich sag dir, es waren diese Scheißzigeuner.«

»Bei denen du bis jetzt aber kein Stück vorangekommen bist.«

»Bis jetzt, ja.«

»Und dann? Mensch, überleg doch mal: Selbst, wenn du ein Geständnis aus ihnen rauskriegst, werden sie das spätestens vor Gericht widerrufen.«

»Was ihnen dann aber nicht mehr viel helfen wird.«

»Du bist echt ein hoffnungsloser Fall.«

»Ist doch alles Blödsinn.« Kraus kurbelte das Fenster runter und warf seine Kippe hinaus. »Hast du schon mal gehört, dass einer aus Eifersucht seine Geliebte oder von mir aus ehemalige Geliebte erst gefoltert und dann angezündet hat? Der hätte vielleicht das Haus angezündet, in dem sie wohnt, aber nicht die Frau selbst. Und dann auch noch die Sache mit dem Hund! Unmöglich, sag ich dir.«

Mehringer sagte nichts.

»Außerdem, woher will dieser Anrufer das alles erfahren haben? Von der Frau bestimmt nicht. Und dass dieser Holzfäller so was weitererzählt, glaube ich auch nicht. Und wenn doch, dann höchstens seinem besten Freund. Und dass ihn der dann verpfeift, ohne seinen Judaslohn zu kassieren ...«

»Dass er nicht gefragt hat wegen einer Belohnung, finde ich auch seltsam«, erwiderte Mehringer. »Aber was soll's, überprüfen müssen wir die Sache auf jeden Fall.«

An dem Feldkreuz mit der Abzweigung zum Moser-Hof angekommen, bremste Mehringer kurz ab und warf einen Blick in den Hohlweg.

»Ich war gestern übrigens nochmals dort und habe mit dem Bruder gesprochen«, sagte er. »Scheint ein ganz vernünftiger Mann zu sein.«

Kraus sah nur gelangweilt drein.

Kurz darauf tauchte rechter Hand ein windschiefer Wegweiser mit der Aufschrift »Riedler« auf. Genauso, wie der anonyme Anrufer es beschrieben hatte. Mehringer bog wortlos ab und folgte der Straße eine Anhöhe hoch, vorbei an Obstbäumen und einem Heuschober. Oben erwartete sie ein schön herausgeputzter Bauernhof mit etlichen Nebengebäuden, dahinter erstreckte sich Wald, so weit das Auge reichte.

Mehringer hielt auf dem mit grobem Kies belegten Platz vor der Haustür und stellte den Motor ab. Zu seiner Verwunderung kam niemand aus dem Haus, um nachzusehen, wer hier aufkreuzte. Sie stiegen aus und blickten sich prüfend um. Noch immer tat sich nichts.

»Sind wahrscheinlich alle noch in der Kirche«, sagte Kraus nach einem Blick auf seine Armbanduhr.

»Oder haben Angst und sich quasi verschanzt«, sagte Mehringer.

Wie zur Bestätigung erschien direkt über ihnen eine gut siebzigjährige Frau auf dem Balkon und rief ihnen über die blumengeschmückte Brüstung zu: »Verschwind's, oder der Bauer kommt mit seinem Gewehr.«

Mehringer holte seine Marke heraus und hielt sie gut sichtbar in die Höhe.

»Wir sind von der Kriminalpolizei Traunstein.«

»Wir haben nichts verbrochen.«

»Das glaube ich Ihnen gerne. Trotzdem hätten wir ein paar Fragen.«

»Ich weiß von nichts.«

»Ist denn außer Ihnen niemand zuhause?«

»Die Herrschaften sind alle in der Kirche in Wössen.«

»Und der Herr Kreuzeder? Ist der auch dort?«

»Weiß ich nicht. Aber wenn, ist er ned in der Kirche, sondern beim Wirt. Aber des ...«

Kraus stieß Mehringer in die Seite und deutete auf den etwa fünfzigjährigen, kräftig gebauten Mann, der soeben die hölzerne Außentreppe von einem der Nebengebäude herabstieg.

»Könnte unser Mann sein«, sagte Mehringer und setzte sich in Bewegung.

Kraus folgte ihm.

»Herr Kreuzeder?«, rief Mehringer.

Der Mann blieb am Fuß der Treppe stehen, gab aber keine Antwort. Doch seine Körperhaltung verriet, dass ihm der Besuch nicht gerade angenehm war.

»Sind Sie Andreas Kreuzeder?«, fragte Mehringer, nun mit Nachdruck.

Der Mann nickte kaum merklich. Aus der Nähe betrachtet machte er einen ziemlich gehetzten Eindruck und Mehringer spürte sofort, dass er etwas zu verbergen suchte.

»Wir hätten da ein paar Fragen«, sagte Mehringer.

»Was für Fragen?«

»Nun, zum Beispiel, was Ihre Liebschaft mit der Herta Moser betrifft.«

»Die Herta? Die ist doch tot.«

»Jetzt schon, aber …«

»Du leugnest also, dass du mit der Frau ein Verhältnis gehabt hast?«, unterbrach ihn Kraus.

»Ja. Hab sie nur vom Sehen her gekannt. Mehr nicht.«

Mehringer und Kraus wechselten einen Blick.

»Wir haben da aber etwas anderes gehört«, sagte Mehringer.

Der Mann zuckte nur mit den Schultern.

»In der Nacht von Freitag auf Samstag, wo warst du da?«, fragte Kraus.

Kreuzeder machte eine Kopfbewegung nach oben. »In meinem Zimmer, wo sonst.«

»Gibt es dafür Zeugen?«

»Nein. Wie denn?«

»Na schön«, sagte Mehringer. »Dann würde ich vorschlagen, wir schauen uns jetzt mal in Ihrem Zimmer um und dann kommen Sie mit, damit wir die Angelegenheit in aller Ruhe auf dem Revier besprechen können.«

»Dazu haben Sie kein Recht.«

»Das lassen Sie mal unsere Sorge sein. Also …« Mehringer wies mit energischer Geste zur Treppe.

»Was wollen Sie da überhaupt? Da oben ist nichts außer meinem Bett und ein paar Sachen zum Anziehen.«

»Das kann schon sein. Ist auch nur reine Routine.«

Kraus versetzte dem Mann einen Stoß gegen die Schulter. »Also los, vorwärts. Rauf mit dir.«

Kreuzeder drehte sich zur Treppe um. Doch er machte nur einen Schritt, bevor er herumwirbelte und Kraus einen Faustschlag mitten ins Gesicht versetzte. Kraus heulte auf vor Schmerz, aber da war Kreuzeder schon in Richtung Wald davongerannt.

Mehringer folgte ihm, ohne auf Kraus zu achten. Die Pistole ließ er stecken. Mit Kraus als Rückendeckung würde er mit dem Mann auch so fertig werden.

Doch Kreuzeder war schneller, als Mehringer erwartet hatte. Rannte trotz seines Alters flink wie ein Wiesel den Hang hinauf und hielt Mehringer auf Abstand. Und hatte fast schon den Waldrand erreicht, als hinter ihnen ein Schuss fiel.

Spinnt der, dachte Mehringer.

Kreuzeder rannte unbeirrt weiter.

Gleich darauf krachte es erneut, und Mehringer spürte, wie die Kugel haarscharf an seinem Kopf vorbeipfiff.

Er warf sich bäuchlings ins Gras.

Fast gleichzeitig fiel ein dritter Schuss.

Eine Sekunde später war Kreuzeder zwischen den dicht stehenden Fichten verschwunden.

Mehringer rappelte sich auf und blickte ungläubig zu Kraus, der neben ihm stehengeblieben war und weiter blindlings in Richtung Wald feuerte, bis das Magazin klemmte und er die Pistole senkte. Von seinem Kinn tropfte das Blut, das ihm noch immer aus der Nase rann.

»Du blöder Hund, du«, brüllte Mehringer, »du hättest mich um Haaresbreite erschossen!«

»Und warum hast du nicht geschossen?«, brüllte Kraus zurück und versprühte dabei Blutstropfen.

»Weil ... Ach, leck mich doch am Arsch!«

Beide standen da und starrten sich wutentbrannt an. Bis Kraus die Pistole einsteckte und sich mit dem Ärmel über die Nase wischte.

»Das hat ein Nachspiel«, sagte Mehringer. »Das verspreche ich dir.«

»Ja, aber für dich. Nur weil du diesen Scheißkerl unbedingt lebend erwischen wolltest, stehen wir jetzt da wie die letzten Idioten.« Nach diesen Worten und einem letzten Blick auf die Stelle, an der Kreuzeder verschwunden war, machte Kraus kehrt und stapfte zum Bauernhaus zurück.

Mehringer rieb die Grasflecken auf seiner Hose notdürftig weg und fragte sich, ob Kraus vielleicht doch recht hatte, ob er soeben nicht einen Riesenfehler begangen hatte. Aber einem Verdächtigen in den Rücken schießen?

Gleich darauf hörte er, wie der Motor ihres Opels gestartet wurde, und musste hilflos zusehen, wie Kraus einfach davonfuhr.

Na schön, irgendwie würde er schon nach Traunstein kommen.

Zurück am Riedler-Hof wartete er kurz, doch niemand ließ sich blicken. Also stieg er die wacklige Holztreppe am Zuhaus hoch und betrat Kreuzeders Zimmer. Was er vorfand, war ein spärlich möblierter Raum mit einem einzigen Fenster, verstaubt und alles andere als aufgeräumt. Die Bettdecke lag halb auf dem Boden, der kleine Holztisch war verschmiert und die Waschschüssel, die neben Rasierzeug und Spiegelchen auf dem Fensterbrett stand, hatte Schmutzränder. Der einzige Wandschmuck war das eingerahmte Foto einer verhärmt wirkenden Frau um die dreißig. Ein Porträt seiner Mutter aus jüngeren Jahren?

Mehringer rückte den Stuhl beiseite, um an die Tischschublade zu kommen. Sie enthielt nichts von Bedeutung: eine Schere, einen Beutel mit Tabak, Zündhölzer und Münzen im Wert von etwa fünf Mark. Auch der doppeltürige Schrank gab nichts Besonderes her: einen abgenutzten Lodenmantel und einen Janker, dazu zwei Wollhemden, einiges an Unterwäsche und etliche Paar Socken.

Warum also hatte Kreuzeder sich so dagegen gesträubt, dass sie sein Zimmer unter die Lupe nahmen?

Mehringer nahm den Mantel vom Bügel, setzte sich auf die Bettkante und durchsuchte die Taschen. In der einen fand er ein kariertes Taschentuch und etwas Kleingeld, in der anderen einen leicht zerknitterten Briefumschlag. Er öffnete das Kuvert und hielt ein in Handschrift verfasstes Schreiben in der Hand.

Liebster Andreas,
ich weiß, daß Du gehofft hast, daß ich den Georg verlasse und mit Dir irgendwo neu anfange. Aber das hätte keine Zukunft, glaube mir. Und deswegen möchte ich auch, daß wir uns nicht mehr treffen. Das wird mir nicht leicht fallen, aber es ist besser so. Du wirst sicher schon bald eine Frau finden, die zu Dir passt.
In liebevoller Erinnerung,
Deine Herta

Das war also der Grund! Kein Beweis, aber ein Indiz, das vielleicht ausreichen würde, um Kreuzeder lebenslänglich ins Zuchthaus zu bringen. Mehringer war dennoch nicht restlos überzeugt. Irgendwie war ihm das Ganze zu einfach, zu eindeutig. Er steckte den Brief in seine Jackentasche, hängte den Mantel zurück in den Schrank und ging wieder nach unten. Auf sein Klopfen an der Haustür des Hauptgebäudes erschien über ihm wieder die alte Frau und rief ungehalten: »Was ist denn jetzt schon wieder?«

Wie es schien, hatte sie von Kreuzeders Flucht und den Schüssen nichts mitbekommen. Vermutlich schwerhörig, dachte Mehringer, erleichtert darüber, dass er nichts erklären musste.

»Der Herr Kreuzeder war leider schon weg«, sagte Mehringer. »Wissen Sie vielleicht, ob er Angehörige hier in der Gegend hat?«

»Seine Mutter arbeitet als Haushälterin beim Bäcker Genzler in Marquartstein.«

»Und sein Vater?«

»Ist '44 in Russland vermisst.«

»Geschwister?«

»Ich glaub, er hat noch eine Schwester. Aber wo die ist ... War's des jetzt?«

»Ja. Und vielen Dank.«

Die Frau zog sich vom Balkon zurück und verschwand. Mehringer stand noch kurz ratlos da und ging dann den Hügel hinab. Bis zum Moser-Hof war es nicht allzu weit und wenn er Glück hatte, war Josef Moser zuhause und chauffierte ihn nach Traunstein.

Und dann?

Eines stand nach diesem Zwischenfall zumindest fest: Die Zigeuner waren aus dem Spiel, denn Kraus würde nun Himmel und Hölle in Bewegung setzen, um diesen Holzknecht aufzuspüren. Vermutlich mit der Anweisung verbunden, sofort das Feuer zu eröffnen, sollte man den Mann zu Gesicht bekommen.

Mehringer erreichte das Feldkreuz gegenüber dem Hohlweg, ohne dass ihm jemand begegnet wäre. Mosers Wagen stand noch vor dem Haus, also dürfte auch der Mann selbst in der Nähe sein. Und tatsächlich, er hatte kaum den Gemüsegarten passiert, da erschien Moser in der Haustür und blickte ihn überrascht an.

»Herr Kommissar, wo kommen Sie denn her? Und das auch noch zu Fuß.«

Mehringer verzog das Gesicht zu einem müden Lächeln. »Ist eine längere Geschichte. Aber hätten Sie vielleicht etwas zu trinken für mich?«

»Selbstverständlich. Zur Abwechslung mal ein Bier?«

»Gerne.«

Mehringer folgte Moser wie schon am gestrigen Tag in die Küche, setzte sich an den Tisch und wartete, bis Moser aus der

Speisekammer zwei Flaschen Bier gebracht hatte. Moser setzte sich zu ihm und warf ihm nach dem ersten Schluck einen forschenden Blick zu.

»Und, haben Sie diese Zigeuner inzwischen überprüft?«, fragte er.

Mehringer nickte. »Haben wir. Aber wie Sie gestern schon vermutet haben, kommen sie wohl nicht in Frage.«

»Und was hat Sie dann hergeführt?«

»Sagt Ihnen der Name Andreas Kreuzeder etwas?«

Moser schüttelte den Kopf. »Nie gehört. Wer soll das sein?«

»Ein Holzfäller, der keine zwei Kilometer von hier im Zuhaus eines Bauernhofs wohnt.«

»Und was ist mit dem?«

Mehringer überlegte kurz, inwieweit er Moser ins Vertrauen ziehen sollte. Aber nachdem die Nachricht von Kreuzeders Flucht am Montag ohnehin in der Zeitung stehen würde, sah er keinen Grund, sich zurückzuhalten. Auch wenn ihm das Ganze höchst peinlich war und Moser ihm zu Recht Vorwürfe machen würde.

»Nun, vor ein paar Stunden hat ein Mann bei uns im Büro angerufen und behauptet, dass eben dieser Kreuzeder ein Verhältnis mit Ihrer Schwägerin hatte.«

»Mit der Herta?«

Für einen Moment glaubte Mehringer, dass sich neben der Überraschung auch so etwas wie Enttäuschung in Mosers Gesicht abzeichnete.

»Ja.«

»Und wer war das?«

»Seinen Namen hat er leider nicht genannt. Aber wie es aussieht, ist er bestens informiert. Er hat nämlich weiter behauptet, dass Ihre Schwägerin das Verhältnis nicht fortsetzen wollte und dieser Kreuzeder sie deswegen umgebracht hat.«

»Was?«

Moser sprang von seinem Stuhl auf, schlug mit der Faust auf den Tisch und starrte Mehringer mit zorngerötetem Gesicht an. »Und da sitzen Sie hier herum und trinken in aller Ruhe mein Bier, statt sich den Scheißkerl zu schnappen?« Der gestern so umgängliche Mann wirkte plötzlich wie ausgewechselt.

»Ich sag doch, ist eine längere Geschichte.« Mehringer machte eine abwehrende Handbewegung. »Also beruhigen Sie sich bitte wieder und hören Sie zu.«

»Nein.«

»Na schön, ganz wie Sie wollen.« Mehringer stand auf. »Ich kann Sie nicht zwingen.«

»Warten Sie ...« Moser verstellte Mehringer den Weg.

Mehringer setzte sich wieder. Er war zuerst versucht, sein Versagen etwas zu beschönigen, aber schließlich erzählte er Moser haargenau, was sich gerade auf dem Riedler-Hof abgespielt hatte. Nur den verräterischen Brief erwähnte er nicht. »Aber keine Sorge«, schloss er. »Dass wir den Mann zu fassen kriegen, ist nur eine Frage der Zeit.«

Moser, der mit nur mühsam unterdrückter Erregung auf seinem Stuhl gehockt war, schnellte nun erneut hoch und stapfte mit schweren Schritten von einer Ecke zur anderen, wobei er Mehringer mit bösen Blicken bedachte.

»Es war Ihnen also wichtiger, dass dieser Dreckskerl nicht zu Schaden kommt, als dass Sie ihn zur Strecke bringen?«, stieß er schließlich wutentbrannt hervor.

»Ich sag doch, wir kriegen ihn auch so.«

»Und wann, wenn ich fragen darf?«

Mehringer schwieg. Er verstand Mosers Gefühlsausbruch nur zu gut, aber Tatsache war auch, dass Kreuzeder bislang nur als Verdächtiger galt. Zur Strecke bringen, wie sich das schon anhörte. Jedenfalls konnte er jetzt nur hoffen, dass der Mann auf seiner Flucht keine weiteren Personen verletzte oder gar tötete. Dass er freiwillig aufgeben und sich stellen würde, glaubte er nicht.

»Und was machen Sie, wenn der Kerl wieder einen Polizisten angreift?«, fragte Moser.

»Jetzt malen Sie den Teufel nicht gleich an die Wand«, erwiderte Mehringer.

»Warum denn nicht!« Moser blieb neben Mehringer stehen und rüttelte an dessen Schulter. »Was wollten Sie eigentlich hier? Konnten Sie's nicht erwarten, mir von Ihrer Heldentat zu berichten?«

»Das nicht gerade«, erwiderte Mehringer und lächelte matt. »Eigentlich hatte ich gehofft, dass Sie mir den Gefallen erweisen und mich nach Traunstein kutschieren.«

»Sonst noch Wünsche?«

»Nein.«

Moser warf einen Blick auf die Küchenuhr und sagte: »Wenn Sie gleich losgehen, sind Sie locker zum Abendessen wieder daheim. Aber vielleicht haben Sie ja Glück und jemand nimmt Sie mit.«

Mehringer stand auf, sagte leise »Tut mir leid, wie alles gekommen ist« und verließ das Haus.

11

Noch knapp eine halbe Stunde bis zum Abgabetermin.

Holger Seiffert nahm einen Schluck von seinem längst kalt gewordenen Kaffee und blickte zweifelnd auf den letzten Absatz. Eigentlich ganz ordentlich, aber durchaus noch verbesserungswürdig.

Das Telefon auf seinem Schreibtisch klingelte.

Er nahm ab.

»Ein Rechtsanwalt namens Saul Grünfeld möchte dich sprechen«, sagte Lydia. »Soll ich durchstellen?«

Grünfeld? Der Name kam ihm bekannt vor. Irgendetwas mit Entschädigung und Wiedergutmachung. Er sagte »Ja« und vernahm gleich darauf die brüchige Stimme eines wohl schon älteren Mannes.

»Guten Tag, Herr Seiffert. Freut mich, dass Sie Zeit haben. Um es kurz zu machen: Sie haben vor einiger Zeit doch diesen Bericht über die Bande geschrieben, die versucht hat, ehemalige Nazi-Größen zu erpressen.«

»Richtig.«

»Nun, ich hätte da eine Geschichte, die Sie vielleicht interessieren könnte. Geht um einen SS-Offizier der übelsten Sorte, der heute anscheinend unbehelligt im südlichen Bayern lebt.«

»Da dürfte er nicht der Einzige sein.«

»Da haben Sie leider vollkommen recht. Aber was diesen Fall besonders macht, ist die Tatsache, dass es zwei Augenzeugen gibt, die miterlebt haben, wie dieser Mann in den letzten Kriegstagen aus reiner Mordlust eine Gruppe jüdischer KZ-Häftlinge umgebracht hat.«

Seiffert beugte sich vor und griff nach Stift und Notizblock. »Gut, dann legen Sie mal los ...«

Kurzes Zögern. Dann: »Wäre es Ihnen vielleicht möglich, dass wir die Sache persönlich besprechen? Ich möchte Sie in diesem Zusammenhang nämlich noch um einen Gefallen bitten.«

Seiffert überlegte. Sein restlicher Nachmittag war eigentlich schon verplant und von einem untergetauchten Nazi-Verbrecher wollte längst niemand mehr etwas wissen, aber wenn er mithelfen konnte, so ein Schwein hinter Gitter zu bringen, sollte es ihm recht sein.

»Na gut, warum nicht? Wo finde ich Sie?«

»Eigentlich in der Taunusstraße, wo ich mein Büro habe, aber ich wurde vor einigen Tagen das Opfer eines Raubüberfalls und liege seitdem mit einer schweren Gehirnerschütterung im St. Elisabethen-Krankenhaus. Sie müssten sich also hierher bemühen.«

»Heißt das, man hat Sie niedergeschlagen?«

»Ja. Von hinten, auf der Straße, wenige Meter vor meinem Büro. Zum Glück kam gerade ein Auto vorbei, so dass der Täter die Flucht ergreifen musste.«

»Ich bin in einer halben Stunde bei Ihnen.«

Der Rechtsanwalt saß aufrecht in seinem Bett, als Seiffert das geräumige Einbettzimmer betrat, in dem sogar ein Radioapparat stand. Grünfeld war ein hagerer Mann um die sechzig mit scharfen Gesichtszügen und einem dicken Kopfverband über den tiefliegenden, nun violett unterlaufenen Augen.

»Wie geht es Ihnen?«, fragte Seiffert, während sie sich die Hände schüttelten.

»Danke, schon viel besser.«

Seiffert zog einen der beiden Stühle vom Tisch ans Bett und setzte sich. »Ich nehme an, die Polizei hat nichts erreicht, was den Täter betrifft?«

»Richtig. Die beiden Männer im Auto, die mir zu Hilfe kamen, konnten nur eine sehr unzureichende Beschreibung liefern. Um die vierzig, kräftige Figur, dunkel gekleidet.«

Seiffert nickte und holte sein Notizbuch und einen Stift aus der Jackentasche. »Also dann, ich bin ganz Ohr.«

Der Rechtsanwalt holte tief Luft, für einen Augenblick war sein Blick in weite Ferne gerichtet.

»Was wissen Sie über das Frauen-Konzentrationslager Ravensbrück?«, fragte er schließlich.

»Nicht sehr viel, fürchte ich. Es lag rund neunzig Kilometer nördlich von Berlin und wurde 1939 eingerichtet. Das Besondere daran war, dass dort vorwiegend Frauen als Wachpersonal dienten, die kein Problem damit hatten, andere Frauen zu quälen und zu ermorden. Aufgelöst wurde es im April '45.«

»Genau, und zu diesem Zeitpunkt beginnt auch unsere Geschichte. Also, vor genau einer Woche hat mich eine gute Bekannte namens Miriam Schuler, die hier in Frankfurt als Übersetzerin und Lektorin arbeitet, angerufen und um Rat gebeten. Der Anlass dazu war ein Brief von einer gewissen Herta Moser, geborene Buchinski, die seit einigen Jahren südlich von Traunstein mit einem Landwirt verheiratet ist. Beide waren in Ravensbrück inhaftiert, haben sich dort angefreundet und haben gemeinsam die Auflösung des Lagers und die nachfolgenden Todesmärsche miterlebt.«

Der Anwalt machte eine Pause, um Seiffert Zeit zu geben, alles zu notieren.

»Bei einem dieser Märsche ist laut Miriam dann ein hoher SS-Offizier mit seiner Entourage aufgekreuzt und hat sechs der schwächsten Frauen aus der Kolonne herausgeholt und in einen Schuppen am Wegrand getrieben, angeblich, damit sie sich dort etwas ausruhen können. Anschließend haben seine Leute die Tür verriegelt, den Schuppen in Brand gesetzt und zwei der Frauen, die versucht haben, durch ein Fenster ins Freie zu kommen, mit Maschinenpistolen erschossen.«

»Und diesen Dreckskerl hat die Frau in Bayern nun getroffen beziehungsweise wiedererkannt?«, fragte Seiffert.

»Exakt. Und zwar in einem Landwirt, der auch als Viehhändler tätig ist.«

»Name?«

»Den hat Miriam nicht genannt, er dürfte aber in dem Brief stehen. Ich wollte mich eigentlich sofort darum kümmern, hatte aber noch einen wichtigen Termin und am Abend kam dann dieser lausige Überfall dazwischen. Ich habe, seitdem ich wieder klar denken kann, ein paar Mal versucht, sie telefonisch zu erreichen, aber es meldet sich niemand. Was mich, offen gesagt, ziemlich beunruhigt, da sie als Folge dieser schrecklichen medizinischen Experimente in Ravensbrück nicht mehr gut zu Fuß ist und ihre Wohnung nur noch selten verlässt.«

»Sie hätten jemanden hinschicken können.«

»Habe ich. Meine Sekretärin. Aber es hat ihr niemand geöffnet.«

»Das heißt dann wohl, jetzt soll ich die Dame aufsuchen und nach dem Rechten sehen.«

»Da wäre ich Ihnen sehr verbunden. Immerhin könnte dies eine Story sein, finden Sie nicht? Zwei Frauen, die bezeugen können, dass ein ehemaliger SS-Mann, der heute unbehelligt als Landwirt und Viehhändler lebt, aus reiner Freude am Töten sechs Frauen massakriert hat.«

»Eine letzte Frage noch: Sie sagten, Frau Schuler habe Sie um Rat gebeten. In welcher Hinsicht denn?«

»Nun ja, sie wollte wissen, was sie jetzt unternehmen sollten. Oder könnten. Diese Herta Moser hat jetzt natürlich Angst, dass dieser Verbrecher auf sie aufmerksam werden könnte.«

»Verständlich.«

Seiffert steckte Notizbuch und Stift ein und erhob sich. Die Sache klang vielversprechend, keine Frage. Endlich ein Fall, bei dem einem von diesen SS-Verbrechern eine konkrete Mordtat nachgewiesen werden könnte. Vorausgesetzt natürlich, das Gericht folgte den Aussagen der beiden Zeuginnen und nicht dem Angeklagten, der garantiert behaupten würde, das Opfer einer Verwechslung zu sein.

»Soll ich Frau Schuler etwas ausrichten von Ihnen?«, fragte Seiffert, die Türklinke schon in der Hand.

»Sie soll mich bitte anrufen, wenn Sie beide alles geklärt haben.«

12

Miriam Schulers Wohnung lag im dritten Stock eines gut erhaltenen Mietshauses unweit der wiederaufgebauten Paulskirche. Seiffert klingelte und klopfte, doch nichts tat sich. Niemand öffnete. Er hatte sein Taschenmesser schon in der Hand, als die Tür gegenüber geöffnet wurde und ein alter, abgekämpft wirkender Mann mit Stock den Flur betrat und sorgfältig hinter sich absperrte.

Seiffert ließ das Taschenmesser verschwinden und sagte betont freundlich. »Einen schönen guten Tag. Ich bin ein Kollege von Frau Schuler und wollte sie zu einem kleinen Ausflug einladen. Aber anscheinend ist sie nicht zuhause ...«

Der Alte musterte ihn mit müdem Blick.

»Die Miriam habe ich schon seit Tagen nicht mehr gesehen«, sagte er schließlich. »Wahrscheinlich hat sie wieder mal Probleme mit ihrem Bein.«

Seiffert nickte. »Ja, ich weiß. Schreckliche Sache.«

»Die hätten sie alle aufhängen sollen, und was ist passiert?« Die Stimme des alten Mannes zitterte plötzlich vor Empörung. «Wussten Sie eigentlich, dass einer dieser Verbrecher nach dem Krieg jahrelang hier in Frankfurt eine Praxis hatte? Noch dazu als Frauenarzt.«

»Nein. Aber wundern tut's mich nicht.«

»Na dann.«

Der Mann stieg mit behutsamen Schritten die Treppe hinab. Seiffert wartete, bis er im Erdgeschoss angelangt war. Holte dann wieder sein Taschenmesser heraus und machte sich am Türschloss zu schaffen. Es dauerte nur ein paar Augenblicke, bis die Tür offen war. Er trat schnell ein und drückte die Tür hinter sich zu. Der Geruch, der ihm entgegenschlug, war mehr als unangenehm. Eine Mischung aus Fäulnis, Urin und Kot.

Er machte Licht und fand sich in einem schmalen Gang wieder, der von vier Türen gesäumt wurde. Er wartete kurz mit angehaltenem Atem, doch nichts rührte sich.

Totenstille.

Er öffnete die erste Tür rechts und erblickte ein etwas ungepflegtes Badezimmer mit Wanne, Toilette und einem Waschbecken, über dem ein kleiner Spiegelschrank angebracht war. Hinter der nächsten Tür befand sich die Küche. Hier lagen auf dem Boden verstreut etliche Bratpfannen und Kochtöpfe, im Spülbecken stapelte sich schmutziges Geschirr. Die Tür am Ende des Gangs führte ins Schlafzimmer. Hier waren alle Vorhänge zugezogen, doch selbst im Halbdunkel konnte er sofort das Chaos erkennen, das im Zimmer herrschte.

Er knipste die Deckenlampe an und blickte sich um. Wer immer hier gewütet hatte, er hatte nichts ausgelassen. Der dreitürige Kleiderschrank war leergeräumt, sowohl sämtliche Oberbekleidung als auch die Unterwäsche sowie etliche Paar Schuhe lagen wild durcheinander auf dem Parkettboden. Auch das Bettzeug war durchwühlt und das Kopfkissen aufgeschlitzt. Sogar die zwei Ölgemälde, die an der tapezierten Wand gehangen hatten, lagen zertrampelt am Boden.

Erfüllt mit Sorge um die Frau, aber auch erregt von den Umständen, die eine interessante Story versprachen, machte Seiffert kehrt und betrat durch die letzte Tür das Wohnzimmer. Auch hier war alles auf den Kopf gestellt worden. Auf dem Teppich lagen überall Bücher, Zeitschriften und Manuskripte, die Schubläden des kleinen Schreibtischs waren geöffnet und ihr Inhalt durchwühlt, die Polstermöbel ebenfalls aufgeschlitzt. Vor einem der Sessel entdeckte er Reste von Erbrochenem und auf der Lehne etwas, das wie getrocknetes Blut aussah.

Was jetzt? Seiffert setzte sich auf den noch intakten Schreibtischstuhl und überlegte, wo die Frau abgeblieben sein könnte. Hatte man sie erst misshandelt und dann entführt? Doch wer und wozu? Konnte eine Sache, die sich fast 500 Kilometer entfernt abspielte, bis hierher Wellen geschlagen haben? Dann wäre es auch möglich, dass hinter dem Überfall auf Grünfeld vielleicht ein ganz anderes Motiv als Geldgier steckte. Wollte man den Rechtsanwalt vielleicht ausschalten oder gar beseitigen? So oder so, Seiffert war klar, dass er sofort zurück ins Krankenhaus musste, um den Mann darüber aufzuklären, was hier in der Wohnung passiert war.

Zurück im Flur fiel ihm auf, dass der üble Geruch aus der Küche drang. Er betrat sie erneut und blickte sich suchend um. Das schmutzige Geschirr konnte es nicht sein, und auch sonst war nichts zu erkennen, was derartig hätte stinken können. Was war es also dann? Sein Blick fiel auf den Zwischenboden, der am Küchenbuffet lehnte. Er schob ihn zusammen mit einem der Kochtöpfe mit dem Fuß beiseite, bückte sich und öffnete die rechte Tür des Unterteils.

Und wich panisch zurück.

Halb in eine Decke gehüllt, ragten ihm zwei nackte Füße entgegen. Dazu ein bestialischer Gestank, der ihm den Atem stocken ließ.

Es dauerte eine ganze Weile, bis er sich einigermaßen gefangen hatte. Er überwand seinen Ekel und öffnete auch die linke Tür.

Da lag die Frau. Umwickelt mit einer dünnen Wolldecke und in den Schrank hineingestopft wie ein Bündel schmutziger Wäsche. Von ihrem Gesicht war nicht mehr viel zu erkennen, außer der Tatsache, dass die Nase fehlte. Überall krabbelten Würmer.

Seiffert setzte sich wie erschlagen auf einen Küchenstuhl, hielt sich ein Taschentuch vor Mund und Nase und betrachtete ungläubig das grässliche Bild. Damit hatte er wirklich nicht gerechnet. Hieß das nun, dass auch diese Herta Moser längst tot war, ebenfalls ermordet? Vielleicht aber auch nicht. Er musste sich Gewissheit verschaffen, so schnell wie möglich. Und das ging nur, wenn er die Polizei vorerst heraushielt. Mit zittrigen Fingern drückte er die beiden Türen wieder zu und wankte zur Wohnungstür.

13

»Wie siehst du denn aus?«, fragte Lydia bei seinem Anblick.

Seiffert schüttelte nur den Kopf. Er hatte die Redaktionssekretärin noch von einer Telefonzelle aus gebeten, die Telefonnummern der Lokalzeitungen in Traunstein und Umgebung ausfindig zu machen. Er nahm die Liste mit den Nummern wortlos entgegen, ging in sein Büro und setzte sich.

»Traunsteiner Anzeiger« stand ganz oben.

Er holte die Flasche mit dem Bourbon aus der untersten Schublade seines Schreibtischs, füllte die Kaffeetasse damit und trank einen kräftigen Schluck. Er ignorierte das sofort einsetzende Sodbrennen und wählte die angeführte Nummer.

»Traunsteiner Anzeiger, Mergenthal am Apparat«, meldete sich eine freundliche weibliche Stimme.

»Guten Tag, Frau Mergenthal. Hier ist Holger Seiffert von der Frankfurter Rundschau. Um es kurz zu machen: Ich bräuchte für einen Bericht ein paar Informationen, was die Gegend südlich von Traunstein betrifft. Könnte ich dazu vielleicht den zuständigen Redakteur sprechen?«

»Ist es wegen dieser Mordsache?«

Mordsache!

Seiffert hielt erschrocken inne. Also doch, genau wie er befürchtet hatte. »Äh ja, genau«, sagte er nach einer kurzen Pause.

»Ich gebe Ihnen Herrn Ziegler.«

»Ist man jetzt auch im schönen Hessen auf uns aufmerksam geworden?«, meldete sich gleich darauf die tiefe Stimme eines schätzungsweise fünfzigjährigen Mannes.

»Ja, könnte man so sagen«, erwiderte Seiffert, der noch keinen Plan hatte, wie er seine Nachfrage begründen könnte, ohne zu verraten, dass er keine Ahnung von den näheren Umständen hatte. Aber weil sich eine gewisse Nähe zu den Tatsachen meistens auszahlte, fügte er schnell hinzu: »Es ist nur so, dass bei einem Raubmord hier in Frankfurt, dessen Hintergründe ich gerade recherchiere, eine Spur nach Traunstein führt. Genauer gesagt, in die Gegend südlich davon. Und deswegen wäre ich Ihnen sehr verbunden, wenn Sie mich kurz über den Stand der Dinge bei Ihrer Mordsache aufklären könnten.«

»Eigentlich ist dafür die Polizei zuständig.«

»Sicher. Und die werde ich auch als Nächstes anrufen. Aber manchmal frage ich erst einmal bei den Kollegen nach, die ja vielleicht eine ganz andere Sicht auf die Dinge haben.«

Ziegler lachte. »Ich glaube, da überschätzen Sie meine Möglichkeiten. Oder auch meinen Spürsinn. Aber gut: Von der äußerst brutalen Ermordung des Ehepaars Moser haben Sie ja bereits Kenntnis ...«

»Habe ich, allerdings nur in groben Zügen«, sagte Seiffert vorsichtig. »Wie kamen die beiden denn genau ums Leben?«

»Nun, der Mann wurde von hinten mit einem Hammer erschlagen und die Frau bei lebendigem Leib angezündet.«

Seiffert biss sich auf die Zähne.

»Was sich seitdem ergeben hat, ist Folgendes«, sagte Ziegler weiter. »Es gab zuerst einen Verdacht gegen eine Gruppe von Zigeunern, der sich bislang aber nicht bestätigt hat. Stattdessen ist jetzt ein Holzfäller, der nicht weit vom Tatort entfernt gewohnt hat, der Hauptverdächtige.«

»Und sein Motiv?«

»Eifersucht. Die Frau, also diese Herta Moser, hatte ein Verhältnis mit ihm, das sie wohl gegen seinen Willen beenden wollte oder schon beendet hatte.«

»Und deswegen hat er gleich beide umgebracht?«

»So sieht es aus. Jedenfalls hat er sich der Festnahme entzogen und dabei einen Kripobeamten erheblich verletzt.«

»Wie schwer?«

»Er hat ihm mit einem Faustschlag die Nase gebrochen.«

Seiffert atmete erleichtert auf. »Also ist der Mann noch auf der Flucht?«, fragte er.

»Genau.«

»Und weitere Verdächtige?«

»Sind nicht in Sicht, behauptet die Kripo.«

»Und was schätzen Sie, wie lange es dauern wird, bis sie diesen Holzfäller gefasst haben?«

»Schwer zu sagen. Wenn er schlau ist, ist er längst über die Grenze nach Tirol abgehauen und versucht jetzt in irgendeinem italienischen Hafen, auf ein Schiff nach Südamerika zu kommen.«

»Und wenn nicht?«

»Dann ist es garantiert nur eine Frage der Zeit, bis sie ihn schnappen.«

Seiffert genehmigte sich einen zweiten Schluck Bourbon. Das mit dem verletzten Kripobeamten war zwar ein Minuspunkt für den Verdächtigen, aber das würde sich bestimmt klären lassen. Hauptsache, diesem Holzfäller war bislang nichts passiert.

»Eine letzte Frage noch: Wie ist die Polizei diesem Holzfäller eigentlich auf die Spur gekommen?«

»Durch einen anonymen Hinweis aus der Bevölkerung.«

»Gut, dann erst einmal vielen Dank«, sagte Seiffert. »Aber eine Bitte hätte ich noch: Könnten Sie mir die Nummer der Kriminalpolizei geben?«

»Selbstverständlich. Aber erwarten Sie sich nicht zu viel davon. Der Chef dort hat für die Presse nicht viel übrig.«

Eine halbe Minute später hatte Seiffert einen hörbar schlecht gelaunten Kriminalrat namens Haberlander am Apparat.

»Hier ist Holger Seiffert von der Frankfurter Rundschau. Um es kurz zu machen: Ich schreibe gerade an einem Bericht über einen Mordfall hier in Frankfurt, bei dem eine Spur nach Traunstein führt und ...«

»An Reporter, die ich nicht kenne, gebe ich grundsätzlich keine Informationen weiter«, unterbrach ihn Haberlander. »Fragen Sie beim Staatsanwalt nach.«

»Das werde ich. Ich würde im Augenblick nur gerne wissen, ob Sie bei der Fahndung nach diesem verdächtigen Holzfäller Fortschritte gemacht haben?«

»Wieso interessiert Sie das?«

»Ganz einfach: Weil ich über Informationen verfüge, die belegen, dass der Mann höchstwahrscheinlich zu Unrecht verdächtigt wird.«

»Und das wissen Sie von Frankfurt aus?«

»Ja.«

»Und wie kommen Sie dazu?«

»Das ist eine längere Geschichte. Ich möchte Sie vorerst nur darum bitten, den Mann lieber laufen zu lassen, als Gewalt anzuwenden. Ich selbst werde noch heute losfahren und Sie beziehungsweise den Staatsanwalt morgen über alles aufklären.«

»Und wer ist dann der richtige Mörder?«

»Das werden Sie alles morgen hören.«

»Na schön. Ich werd's weitergeben. Aber die Fahndung bleibt natürlich bestehen. Das wäre ja noch schöner, dass die Presse bestimmt, was wir machen dürfen oder nicht.« Und weg war er.

Seiffert legte ebenfalls auf und blickte nachdenklich auf das gerahmte Porträt von Hemingway, das an der Wand über seinem Schreibtisch hing. Er hatte eigentlich gedacht, dass ihn nichts mehr in diesem Leben schockieren könnte, aber eine so brutale Mordserie ... Doch wie hatten die Täter von dem Briefwechsel erfahren? Anders gefragt: Was hatte die beiden Frauen verraten? Oder wer?

Eines stand auf jeden Fall fest: Er musste diesen Holzfäller aus der Schusslinie holen, bevor noch mehr passierte. Bevor er schlimmstenfalls weitere Polizisten verletzte oder gar selbst etwas abbekam.

Also musste er nach Rücksprache mit Grünfeld den Mord an Miriam Schuler doch melden und den Polizeibeamten hier sowie in Traunstein die Zusammenhänge klarmachen. Die Frage war nur, ob man ihm und Grünfeld überhaupt Gehör schenken würde. Schließlich war das Hauptbeweisstück, der Brief, den Herta Moser geschrieben hatte, nach dem Überfall auf Miriam Schuler und ihrer Ermordung ganz offensichtlich spurlos verschwunden. Dass dieser Holzfäller angeblich aus Eifersucht und damit aus einem der häufigsten Mordmotive heraus gehandelt hatte, war auf der anderen Seite so einfach zu glauben.

Er stand auf und wollte gerade zur Tür hinaus, als der Lokalchef eintrat und mit gewichtiger Miene sagte: »Gut, dass du noch da bist. Du musst sofort zum Hauptbahnhof. Da haben ein paar Algerier gerade einen Franzosen abgestochen.«

Seiffert schüttelte den Kopf. »Geht nicht. Ich muss sofort ins St. Elisabethen-Krankenhaus ...«

»Nur wenn deine Mutter dort im Sterben liegt. Ist das so? Nein? Also los.«

Seiffert nickte ergeben. Die eine Stunde würde auch keinen Unterschied machen.

14

Als Mehringer eintraf, war ihm, als fände er sich auf einem Kriegsschauplatz wieder.

An einer Hausecke, hinter einem Holzstapel und flach im Gras liegend, waren Landpolizisten in Stellung gegangen und zielten mit ihren Karabinern auf das Tor der kleinen, ein Stück abseits stehenden Scheune, in der sich Andreas Kreuzeder verschanzt hatte.

»Auf der Rückseite habe ich ebenfalls zwei Mann postiert«, erklärte ihm der korpulente, etwa vierzigjährige Landpolizist, der als Einsatzleiter fungierte. »Raus kommt er da jedenfalls nicht mehr.«

Mehringer nickte missmutig. Er blickte zur Haustür des kleinen Bauernhofs, der für Kreuzeder zur Falle geworden war. »Wer befindet sich im Haus?«

»Nur die Bäuerin, ihre Mutter und ihre drei Kinder. Ihr Mann ist die Woche über in einem Holzfäller-Lager am Teisenberg.«

»Dann kennen sich die zwei vielleicht von der Arbeit her und der Kreuzeder hat gehofft, dass ihn der Mann versteckt.«

»Durchaus möglich.« Der Einsatzleiter verzog das Gesicht. »Trotzdem frag ich mich, wieso der Kerl nicht längst über die Grenze abgehauen ist.«

»Nun, das werden wir hoffentlich gleich erfahren«, sagte Mehringer. »Also dann, was genau ist passiert? Und bitte von Anfang an.«

Der Einsatzleiter machte eine weit ausholende Handbewegung und sagte: »Angefangen hat es gegen Mittag, als ein Kollege, der ungefähr zwei Kilometer von hier entfernt auf seinem Fahrrad unterwegs war, im Gebüsch einen Mann gesehen hat, der wie der Verdächtige aussah. Da er zufällig aus der Gegend hier kommt und sich gut auskennt, hat er ihm auf gut Glück den Weg abgeschnitten und sich dann auf die Lauer gelegt. Als der Kerl, also der Kreuzeder, dann tatsächlich in seiner Nähe aufgetaucht ist, hat er ihn mit angelegtem Karabiner aufgefordert, sich zu ergeben und auf den Boden zu legen. Der Kreuzeder hat erst auch so getan, als würde er sich ergeben, hat dem Kollegen dann aber blitzschnell den Karabiner entrissen und ist damit im Wald verschwunden.«

Mehringer schüttelte nur ungläubig den Kopf.

»Und weiter?«

»Na ja, wir haben daraufhin natürlich alles zusammengetrommelt, was uns an Kräften zur Verfügung stand, und uns auf das Gebiet konzentriert, wo er zuletzt gesehen wurde. Aber statt in Richtung Grenze zu flüchten, wie wir angenommen hatten, ist er umgekehrt und hat hier Unterschlupf gesucht. Pech für ihn, dass just in dem Moment, in dem er sich in die Scheune geschlichen hat, die Bäuerin zur Stalltür rausgeschaut hat. Die hat dann ihren ältesten Sohn runter zur Villa von diesem Komponisten geschickt, wo …«

»Du meinst den Prachtbau unten an der Abzweigung?«

»Genau.«

»Und was ist mit diesem Schuss, den er abgefeuert hat?«

Der Einsatzleiter kratzte sich am Kinn und blickte kurz zu Boden. »Na ja, als wir angerückt sind, wir waren zuerst ja nur zu dritt, haben wir als Erstes die Rückseite der Scheune gesichert, damit er uns nicht hinten raus entwischt. Als dann die Verstärkung eingetroffen war, habe ich von der Ecke da vorne«, dabei wies er auf die Hausecke gegenüber der Scheune, »mit meiner Pistole einen Schuss in die Luft abgefeuert und ihn aufgefordert, unbewaffnet und mit erhobenen Händen rauszukommen.«

Keine so gute Idee, dachte Mehringer.

»Und dann?«, fragte er.

»Tja, erst einmal hat sich gar nichts gerührt und ich hab schon befürchtet, wir müssten nachsehen, ob er wirklich noch drin ist. Hätte ja sein können, dass er hinten raus ist, während der Bub beim Telefonieren war. Ich hab dann jedenfalls noch einmal gerufen, und daraufhin hat er das Tor einen Spalt weit geöffnet und mit dem Karabiner auch einen Schuss abgegeben. Auch in die Luft. Und dazu gerufen, dass wir verschwinden sollen.«

»Also hat er jetzt noch mindestens drei Schuss im Magazin?«

»Ja.«

Mehringer überdachte die Lage. Kreuzeder saß fest, keine Frage. Andererseits hatte er vom Scheunentor aus freies Schussfeld, so dass ein frontaler Zugriff nicht ratsam schien. Sollte er warten, bis Kraus und weitere Verstärkung eingetroffen waren?

»Wenn er nicht freiwillig aufgibt, müssen wir warten, bis es Nacht wird«, sagte der Einsatzleiter. »Dann können wir ihn vielleicht von der Rückseite her überrumpeln.«

»Ich werde erst einmal mit ihm reden«, sagte Mehringer. »Vielleicht ist er vernünftig und sieht ein, dass er keine Chance hat.«

»Und wenn er nicht reden will?«

»Dann können wir immer noch mit Gewalt vorgehen.«

Mehringer holte seine Walther aus dem Holster und legte sie auf der Hausbank ab. Dann zog er sein Sakko aus, ging um die Hausecke und auf das Scheunentor zu. Auf halbem Weg blieb er stehen, hob die Hände an und rief: »Herr Kreuzeder, machen Sie jetzt keinen Unsinn. Sie kennen mich. Ich will Ihnen nichts Böses, aber Sie kommen hier nicht mehr raus. Also seien Sie vernünftig und geben Sie mir den Karabiner.«

Etwa eine Minute lang tat sich nichts. Dann wurde das Tor einen Spaltbreit geöffnet und Kreuzeder zeigte sich, den Karabiner mit beiden Händen haltend, aber nicht auf Mehringer angelegt.

Mehringer erkannte ihn kaum wieder. Die Handvoll Tage, die Kreuzeder auf der Flucht verbracht hatte, hatten dem Mann sichtlich zugesetzt. Verdreckt, unrasiert und mit abstehenden Haaren stand er zittrig da, mehr ein Bild des Jammers als der Bedrohung.

»Haut ab!«, rief er mit kraftloser Stimme. »Ich hab die zwei nicht umgebracht.«

»Dann haben Sie auch nichts zu befürchten«, log Mehringer, dem vollkommen klar war, dass Kreuzeder infolge seiner Flucht denkbar schlechte Karten hatte. Von dem verhängnisvollen Brief, der noch immer in seiner Jackentasche steckte, ganz zu schweigen.

Kreuzeder schüttelte den Kopf. »Das sagen Sie jetzt so. Aber wenn's so weit ist, macht ihr mich fertig.«

»Da machen Sie sich mal keine Sorgen, diese Zeiten sind zum Glück vorbei. Wenn Sie mit dem Mord nichts zu tun hatten, bleiben Sie ein freier Mann. Das garantiere ich Ihnen.«

Kreuzeder rührte sich nicht von der Stelle. Er senkte nur das Gewehr und blinzelte in die bereits tief am Horizont stehende Sonne. »Ich kenn' Sie«, sagte er schließlich. »Sie sind doch einer der beiden Kriminaler, die mich verhaften wollten?«

»Genau.«

»Dann haben Sie auch mein Zimmer durchsucht, oder?«

Mehringer schluckte schwer. Jetzt wurde es wirklich gefährlich. Dieser verdammte Brief!

»Das war nicht mehr nötig, nachdem Sie weggelaufen sind«, log er schon wieder. »Wieso fragen Sie?«

»Sie haben den Brief gefunden, stimmt's?«

Mehringer zögerte eine Sekunde zu lange. »Was für einen Brief denn?«

»Das wissen Sie ganz genau. Und Sie wissen auch, dass ich damit erledigt bin.«

Mehringer wedelte mit den Händen. »Ich weiß von keinem Brief, ehrlich. Also werfen Sie jetzt das Gewehr weg und kommen heraus. Noch ist niemand verletzt worden. Und wenn Sie jetzt vernünftig sind, wird alles wieder gut. Ich bin auf Ihrer Seite.«

Mehringer schämte sich für diese Worte, aber was sollte er sonst machen. Auch wenn ihm sein Instinkt sagte, dass der Mann vermutlich unschuldig war, bestand dennoch die Möglichkeit, dass er sich irrte. Oder dass Kreuzeder, schon aus Verzweiflung und Wut heraus, sein Leben möglichst teuer verkaufen wollte. Und das musste er um jeden Preis verhindern.

»Jetzt kommen Sie schon«, sagte er. »Die Leute hier wollen alle nach Hause, und Sie wollen doch auch endlich mal zur Ruhe kommen.«

Doch Kreuzeder blieb stumm. Er blickte nur kurz nach oben und zog dann das Scheunentor wieder zu.

»Wenn Sie nicht aufgeben, müssen wir die Scheune stürmen«, rief ihm Mehringer nach. »Wollen Sie das wirklich?«

Keine Antwort.

Mehringer blieb noch kurz stehen und wartete, aber nichts. Kein Laut drang aus der Scheune. Er zuckte mit den Schultern und ging zurück, um sich mit dem Einsatzleiter zu beraten. Ihm graute vor der Aussicht, mit Gewalt vorgehen zu müssen. Niemand hier war auf so eine Situation vorbereitet. Zugegeben, die meisten der Landpolizisten waren bei der Wehrmacht gewesen, aber wer von ihnen war schon ein Scharfschütze?

Und wenn sie Kreuzeder quasi belagerten, bis er endlich aufgab?

»Ich hab da was von einem Brief verstanden«, sagte der Einsatzleiter, während Mehringer seine Jacke wieder anzog. »Was ist damit?«

Mehringer winkte ab, plötzlich erfasst von einer eigentümlichen Idee. Wie wäre es, wenn er den verräterischen Brief vor Kreuzeders Augen verbrennen würde? Und nachher behaupten würde, dass es sich dabei um einen ganz normalen Liebesbrief gehandelt habe? Denn dass Kreuzeder ein Verhältnis mit Herta Moser gehabt hatte, war inzwischen ja unstrittig. Was allein aber nicht für eine Verurteilung ausreichen würde.

»Und jetzt?«, fragte der Einsatzleiter. »Haben Sie eine Idee? Ich kann meine Leute nicht ewig in Position halten.«

Mehringer setzte sich auf die Hausbank und atmete tief durch.

»Wir könnten an der Rückseite der Scheune ein Feuer legen«, sagte der Einsatzleiter da unvermutet. »Dann muss er rauskommen, ob er will oder nicht.«

»Sind Sie verrückt?«

»Finde ich nicht. Abgesehen davon habe ich das Kommando hier, oder etwa nicht?«

»Und wenn das Feuer auf das Wohnhaus überspringt? Nein, ich bin dafür, dass wir abwarten.«

Bevor der Einsatzleiter antworten konnte, fiel in der Scheune ein Schuss.

Mehringer sprang auf, und auch die umliegend postierten Polizisten gerieten in Bewegung.

»Halt, halt!«, rief der Einsatzleiter. »Das ist vielleicht nur ein Trick, und wenn wir reinkommen, knallt er uns ab.«

»Glaube ich nicht«, rief Mehringer und trabte los.

Es war ein hässlicher Anblick, der sich ihnen bot: Kreuzeder lag auf dem Rücken, den Karabiner neben sich. Von seinem Gesicht war nicht mehr viel übrig geblieben, es hatte sich aufgelöst in einen Brei aus Fleisch, Blut und Knochenpartikeln.

»Damit wäre der Fall dann wohl abgeschlossen«, sagte der Einsatzleiter.

15

»Ich hatte eigentlich erwartet, dass Sie sich telefonisch melden«, sagte Grünfeld, sowie Seiffert das Krankenzimmer betreten hatte. Erst dann bemerkte er Seifferts verstörten Blick und schaltete das Radio aus.

»Was ist passiert?«

»Eine ganze Menge. Und nichts davon ist erfreulich.«

Seiffert zog erneut einen Stuhl vom Tisch weg und setzte sich zu Grünfeld ans Bett. Er fragte sich nur kurz, ob der alte Mann auch alles verkraften würde, was da jetzt auf ihn zukam. Er beugte sich vor und sagte: »Erst einmal muss ich Ihnen mitteilen, dass dieser Überfall auf Sie vermutlich nicht die zufällige Tat eines Räubers war, sondern der gezielte Versuch, Sie zu töten. Und dass Sie Ihr Leben wahrscheinlich bloß der Tatsache verdanken, dass der Täter dabei gestört wurde.«

Grünfeld griff nach dem Glas Wasser auf dem Nachttisch und trank einen Schluck.

»Und wie kommen Sie darauf?«, fragte er nach einer Pause erstaunlich ruhig.

»Weil Sie nicht das einzige Opfer bei dieser Geschichte sind. Sondern das fünfte, wenn man's genau nimmt. Aber immerhin das einzige, das überlebt hat.«

»Ich verstehe noch immer nicht ...«

»Das werden Sie gleich.« Seiffert rückte sich den Stuhl zurecht, holte tief Luft und berichtete dann mit knappen Worten, was er in Miriam Schulers Wohnung entdeckt und was er später bei Ziegler und Haberlander telefonisch erfragt hatte.

»Eigentlich wollte ich nach dem Gespräch mit diesem Kommissar Haberlander sofort hierherkommen, aber mein Chef hatte einen dringenden Auftrag für mich, eine Messerstecherei am Hauptbahnhof, die er unbedingt noch unterbringen wollte. Als ich eine gute Stunde später dann wieder in der Redaktion war, lag ein Anruf vom Kollegen Ziegler vor. Ich habe ihn natürlich sofort zurückgerufen und dabei erfahren, dass die Polizei diesen Holzfäller in einer Scheune gestellt hat, der Mann aber lieber Selbstmord begangen hat, als sich zu ergeben.«

Grünfeld war im Laufe der Erzählung bleich geworden, selbst seine Augenringe hatten ihre Farbe verloren. Er atmete schwer, und Seiffert befürchtete schon, ihm zu viel zugemutet zu haben.

»Das ist ja grauenhaft«, murmelte er schließlich.

»Allerdings. Ich denke, da wollte einer gründlich aufräumen.«

Grünfeld schloss die Augen und schwieg für eine Weile.

»Dann geht der arme Kerl auf mein Konto«, sagte er schließlich kaum hörbar. »Hätte ich mich nur einen Tag früher um die Sache gekümmert, wäre es nicht so weit gekommen.«

»Schon möglich«, erwiderte Seiffert. »Aber was geschehen ist, ist geschehen. Die Frage ist jetzt eher, was wir unternehmen.«

»Was wir unternehmen?«, wiederholte Grünfeld erstaunt. »Sie müssen sofort zur Polizei gehen, was sonst.«

Seiffert erhob sich und begann, im Zimmer auf und ab zu gehen.

»Und was wäre damit gewonnen?«, sagte er nach einer Weile nachdenklich. »Ich meine, so wie ich diesen Ziegler verstanden habe, ist der Fall für die Polizei in Traunstein damit erledigt. Ein Tatverdächtiger, der in die Enge getrieben Selbstmord begeht, da reißt sich kein Polizist oder Staatsanwalt mehr ein Bein aus, um andere Verdächtige aufzutreiben. Und was Miriam Schuler betrifft, haben wir auch nichts in der Hand. ›Ein ungewöhnlich brutaler Raubüberfall‹ wird die Polizei sagen, bei dem die Räuber die Frau erst gefoltert haben, um an versteckte Wertsachen zu kommen, bevor sie die Leiche in den Küchenschrank gesteckt haben.«

»Aber dann müssen wir sie zumindest darüber aufklären, was wirklich geschehen ist.«

»Halte ich für zwecklos. Wir haben ja nicht einmal den Namen von diesem Schwein von Viehhändler.«

»Und was heißt das jetzt?«

Seiffert lehnte sich mit dem Rücken gegen die Fensterbank und ordnete seine Gedanken. Nach dem Tod von diesem Holzfäller hatte es eigentlich keinen Sinn mehr, nach Traunstein zu fahren, um die Dinge zurechtzurücken, denn wer würde ihm jetzt noch zuhören, geschweige denn glauben. Andererseits, wollte er die Sache wirklich auf sich beruhen und diesen Verbrecher einfach so davonkommen lassen? Nach einer Weile sagte er: »Ich überlege gerade, ob ich nicht selbst hinfahren sollte. Vielleicht kann ich auf eigene Faust etwas herausfinden. Ich habe zwar keine Ahnung von den Verhältnissen dort, aber so viele Viehhändler, die in Frage kommen, wird es hoffentlich nicht geben.«

»Und dann?«

»Dann sehen wir weiter, würde ich sagen. Vor allem aber würde ich jetzt nicht mehr die Traunsteiner Polizei einschalten. Denn das könnte diesen Viehhändler aufscheuchen. Dann taucht er womöglich noch unter, bevor ich ihn ausfindig machen kann.«

»Das verstehe ich nicht.«

»Ich bin Journalist, schon vergessen? Und das hier könnte eine Riesenstory ergeben. Ich meine, was dieser Dreckskerl während des Krieges alles verbrochen hat, interessiert heute niemanden mehr großartig. Aber wenn dieser Mann heute weiter mordet, um nicht entdeckt zu werden, ist das eine ganz andere Geschichte.«

Grünfeld nickte. »Sicher. Aber ihn ausfindig zu machen und ihn zu überführen, ist zweierlei.«

»Ist mir vollkommen klar. Und wenn ich merke, dass ich nicht weiterkomme, können wir immer noch unsere Karten aufdecken. Sie müssen in der Zwischenzeit aber dafür sorgen, dass Frau Schuler offiziell gefunden wird. Am besten, Sie schicken gleich morgen früh nochmals Ihre Sekretärin hin und die soll sich dann zusammen mit dem Hausmeister oder Hausverwalter Zugang zu der Wohnung verschaffen.«

»Ich weiß nicht, ob ich ihr diesen Anblick zumuten kann.«

»Sie muss ja nicht ...«

Ein Klopfen an der Tür unterbrach Seiffert. Im nächsten Augenblick trat eine Krankenschwester ins Zimmer und blickte ihn missbilligend an.

»Sie müssen jetzt gehen. Die Besuchszeit ist längst vorbei.«

Seiffert nickte. »Sofort, Schwester. Nur einen Moment noch, ja?«

Die Krankenschwester schüttelte energisch den Kopf. »Tut mir leid, aber jetzt ist Schluss.«

»Also gut.« Seiffert stieß sich vom Fenster ab und reichte Grünfeld zum Abschied die Hand. »Ich rufe Sie an, sowie ich in Traunstein angekommen bin.«

»Aber seien Sie bloß vorsichtig, wenn Sie dort unterwegs sind«, rief ihm Grünfeld nach. »Wenn der Kerl auf Sie aufmerksam wird, möchte ich nicht in Ihrer Haut stecken.«

16

Kurz nach 21 Uhr hielt Mehringer es nicht mehr aus. Er zog sein Sakko an und stürmte zur Tür hinaus. Bis zum Gebäude des Traunsteiner Anzeigers waren es schließlich nur ein paar Minuten Gehweg. Doch er stand kaum auf der Straße, da kam ihm die Zeitungsausträgerin auch schon entgegen. Mehringer riss ihr das Blatt fast aus der Hand.

»Mordverdächtiger begeht Selbstmord« lautete die Schlagzeile, anstatt, wie Mehringer schon befürchtet hatte, »Doppelmörder richtet sich selbst« oder dergleichen Unsinn. Also hatte er den Ziegler doch richtig eingeschätzt.

Zurück in der Wohnung setzte er sich an den Küchentisch und ging den Bericht sorgfältig durch. Er hatte bei dem Gespräch mit Ziegler zwar dem Einsatzleiter der Landpolizei den Vortritt gelassen, aber darauf geachtet, dass die Fakten stimmten. Vor allem, dass Kreuzeder nur einen Schuss in die Luft abgefeuert und bis zuletzt seine Unschuld beteuert habe. Und exakt so stand es nun auch in Zieglers Bericht. Nur die Rolle der Bäuerin, die den Flüchtigen zufällig bemerkt und die Polizei alarmiert hatte, wurde etwas heruntergespielt. Vermutlich auf Druck des Einsatzleiters, der sich den vollen Erfolg auf seine Fahne schreiben wollte. Aber gut, damit konnte er leben. Mehringer ließ die Zeitung auf dem Tisch liegen und warf einen Blick ins Schlafzimmer. Gerda schlüpfte gerade in ihr Nachthemd.

»Und?«, fragte sie. »Steht es so drin, wie du gehofft hast?«

»So ziemlich.«

»Dann komm jetzt endlich ins Bett.«

Mehringer schüttelte den Kopf. »Ich mache noch einen kleinen Spaziergang.«

»Um die Zeit?«, fragte Gerda überrascht.

»Bin in einer halben Stunde wieder da.«

Aus Gustavs Kneipe erklang Gelächter, als Mehringer am Biergarten vorbei in Richtung Traundamm ging. Die haben's gut, dachte er, plötzlich geplagt von Selbstvorwürfen. Wieso hatte er Kreuzeder eigentlich nicht mehr Zeit gegeben, um zur Besinnung zu kommen? Und vor allem, wieso hatte er vergessen, seine Mutter ins Spiel zu bringen? Eine schwerkranke Frau, die außer ihrem Sohn keine Angehörigen hatte, soviel er wusste. Jedenfalls wäre das ein gewichtiges Argument gewesen.

Auf dem Damm angekommen, wandte sich Mehringer nach links in Richtung Viadukt.

Und wenn Kreuzeder doch der Täter gewesen war? Dass der Mann gewalttätig sein konnte, hatte er mit seinen Attacken auf den Kollegen Kraus und den Landpolizisten doch bewiesen. Ganz zu schweigen von der Gewalt gegen sich selbst, von der Härte und Schonungslosigkeit, mit der er auf seine aussichtslose Lage reagiert hatte.

Also, warum tat er sich so schwer, Kreuzeders Schuld zu akzeptieren? Fand keine Ruhe? Weil ein Selbstmord kein Geständnis war, und damit die Möglichkeit bestand, dass der wahre Täter noch immer frei herumlief? Mehringer wurde immer aufgewühlter. Zwei brutal ermordete Menschen, und ihr Mörder würde vielleicht niemals gefasst werden, war nun sogar sicher vor weiteren Nachforschungen. Nur weil er versagt hatte! Er schlug sich mit der Faust gegen den Kopf, hätte seine Verbitterung am liebsten in die kühle Mainacht hinausgeschrien.

Derart mit sich selbst beschäftigt, bemerkte er den Mann, der vor ihm aus dem Schatten des Gebüschs aufgetaucht war, erst im letzten Moment. Er blieb abrupt stehen, die Fäuste geballt. Sein Gegenüber war um die dreißig, schlank, dunkel gekleidet und von eher zierlicher Gestalt, soweit er erkennen konnte.

»'tschuldigung«, sagte der Mann schnell mit heiserer Stimme. »Ich wollte Sie nicht erschrecken.«

Mehringer nickte nur.

»Schöner Abend heute, nicht?« Der Mann lächelte verlegen.

Mehringer murmelte ein Ja und versuchte, an dem Kerl vorbeizukommen.

»Was dagegen, wenn ich Sie ein Stück begleite?«

»Wie bitte?«, erwiderte Mehringer verblüfft.

»Könnte ja sein, dass wir den gleichen Weg haben, oder?«

»Blödsinn. Und jetzt hau ab.«

»Bist du sicher?« Der Mann fasste sanft nach Mehringers linkem Ellbogen.

Von plötzlicher Wut erfasst packte Mehringer den Mann am Kragen seiner speckigen Lederjacke und stieß ihn mit einer heftigen Bewegung die Böschung zur Traun hinab. Der Mann landete mit ausgebreiteten Armen im Gebüsch, rutschte ab und kam schließlich auf dem Geröll am Fuß der Böschung zum Liegen.

Mehringer schüttelte verwirrt den Kopf. Verdammt, wie hätte er ahnen können, dass dies hier seit Neuestem ein Treffpunkt für Schwule war. Nun doch etwas besorgt sah er zu, wie der Mann sich fluchend aufrappelte und sich dabei mit beiden Händen an den Kopf fasste.

Nachdem er sich davon überzeugt hatte, dass der Mann auf den Beinen blieb, wandte sich Mehringer ab und eilte zurück.

Beschämt über seinen Kontrollverlust. Bei Gustavs Kneipe angekommen, kam ihm in den Sinn, seinen Fehltritt mit einem Schnaps hinunterzuspülen. Kurzentschlossen durchquerte er den Biergarten, stieß die Tür auf und fand sich einer Reihe von Gestalten gegenüber, die am Tresen standen und sich lautstark unterhielten. Meist ältere Männer mit müden Gesichtern, unrasiert und schäbig gekleidet.

Bei seinem Anblick erstarben sämtliche Gespräche. Alle Blicke waren auf ihn gerichtet.

Mehringer nickte ihnen zu und betrat den angrenzenden Raum, in dem eine Handvoll Tische und eine Musikbox standen und sich lediglich ein älteres Pärchen aufhielt, das ihn ebenfalls überrascht musterte. Er setzte sich an einen Ecktisch und wartete auf Gustav, der auch umgehend erschien und ihn mit einer Mischung aus Misstrauen und Neugier anstarrte.

»Was machen Sie denn hier, Herr Kommissar?«, fragte er mit gedämpfter Stimme.

»Was schon, Gustav? Ich möchte etwas trinken.«

»Aber ...«

»Nichts aber. Bring mir einen Schnaps und ein kleines Bier dazu.«

»Ganz wie Sie möchten.«

Gustav ging zurück in den Schankraum, in dem noch immer Ruhe herrschte. Mehringer streckte die Beine aus und starrte ins Leere. Das ältere Pärchen tuschelte noch kurz, erhob sich dann und verließ den Raum. Mehringer hörte, wie auch die anderen Gäste die Kneipe nach und nach wortlos verließen. Er lächelte grimmig in sich hinein.

Gleich darauf erschien Gustav wieder, stellte das Tablett mit Bier und Schnaps ab und setzte sich mit besorgter Miene zu Mehringer an den Tisch.

Mehringer kippte den Schnaps hinunter und spülte mit einem kräftigen Schluck Bier nach.

»Ich fürchte, jetzt habe ich Ihnen das Geschäft für den Rest des Abends verdorben«, sagte er.

»Die kommen schon wieder«, erwiderte Gustav. »Vielleicht nicht gleich morgen oder übermorgen, aber ... Was ist denn los mit Ihnen, wenn ich fragen darf? So kenne ich Sie gar nicht.«

Mehringer grinste gequält. »Hast du schon die Zeitung gelesen?«

»Nein, die liegt noch auf dem Tresen.«

»Dann mach mal. Aber vorher bringst du mir noch einen Doppelten. Oder besser gleich die ganze Flasche.«

»Sind Sie sicher?«

»Absolut.«

Mehringer trank weiter, während Gustav sich nebenan in die Zeitung vertiefte. Wenige Minuten später kam er zurück, legte das Blatt auf den Tisch und sagte: »Jetzt verstehe ich Sie noch weniger. Mit dem Selbstmord von diesem Holzfäller ist der Fall doch gelöst. Das wäre doch eher ein Grund zum Feiern.«

»Findest du?«

»Klar.«

»Ein Geständnis wäre mir aber lieber gewesen.«

Gustav kratzte sich am Kinn und ließ den Blick durch den Raum schweifen. »Ich möchte Ihnen ja nicht widersprechen«, behauptete er, tat es dann allerdings doch: »Aber meines Erachtens werden Geständnisse überbewertet. Denken Sie nur mal an die Hexenprozesse. Oder an die Moskauer Schauprozesse in den Dreißigerjahren.«

Mehringer leerte ein drittes Glas. »Stimmt auch wieder. Was hast du eigentlich früher gemacht, Gustav?«

»Sie meinen, was ich im Krieg gemacht habe?«

»Zum Beispiel.«

»Ich war bei der Artillerie. Ostfront. Vom ersten bis zum letzten Tag. Aber immer Glück gehabt.«

»Auch in Gefangenschaft?«

Gustav lächelte. »Sie werden's nicht glauben, so wie ich heute aussehe, aber im April '45 war ich dünn wie eine Bohnenstange, nur Haut und Knochen. Die Ärztin im Lager hat nur auf meinen Hintern geschaut, und ich war im nächsten Zug Richtung Heimat.«

»Glück gehabt. Darauf trinken wir. Und keinen Widerspruch, ja?«

Gustav nickte ergeben, holte sich ein Glas vom Tresen und stieß mit Mehringer an. Nicht nur einmal, bis plötzlich Gerda im Raum stand, ihren Sommermantel über das Nachthemd gestreift, und die beiden Männer verdutzt anblickte. Mehringer lächelte ihr verlegen zu, während Gustav sich am liebsten unsichtbar gemacht hätte, wie Mehringer belustigt feststellte.

Zu seiner Überraschung lächelte Gerda ebenfalls und sagte: »Und ich dachte schon, das erlebe ich nie.«

»Was denn?«

»Dass du so richtig einen sitzen hast.«

»Dann bleib doch hier und trink ein Gläschen mit.«

»Nicht heute.«

Nach diesen Worten half sie ihm auf die Beine, sagte »Gute Nacht« zu Gustav und bugsierte ihn zur Tür hinaus.

»Ich zahl dann morgen«, rief Mehringer dabei über die Schulter zurück.

17

Es war kurz vor neun Uhr morgens, als Seiffert auf dem Stadtplatz von Traunstein eintraf. Er parkte den Chevrolet Bel Air, den er sich von einem befreundeten Nachtclubbesitzer ausgeliehen hatte, am Rand der kleinen Grünfläche inmitten des Platzes und stieg aus. Die lange Nachtfahrt und der fehlende Schlaf setzten ihm ziemlich zu und für einen Moment fühlte er sich so schwach, dass er befürchtete, gleich umzukippen. Er hielt sich am Wagendach fest, atmete ein paar Mal tief durch und blickte sich dabei forschend um. Gleich gegenüber befand sich ein Kaufhaus, flankiert von einem Café und einer Kolonialwarenhandlung. Schräg rechts davon erhob sich eine mächtige Kirche, und auf der Seite hinter ihm registrierte er unter anderem eine Apotheke, ein Gasthaus und eine Eisenwarenhandlung.

Eine nette kleine Stadt, wie ihm schien, mit allem, was man so brauchte. In seinem Fall zunächst ein kräftiges Frühstück und dann eine Unterkunft, um ein paar Stunden Schlaf zu finden. Er zog sein Sakko an, sperrte den Wagen sorgfältig ab und betrat die Grünfläche, auf der neben einigen Bänken auch zwei Telefonzellen standen. Eine davon besetzt von einer jungen Frau. Sollte er diesen Ziegler vielleicht gleich anrufen und ein Treffen vereinbaren? Ausruhen könnte er sich auch später. Er trat in die freie Zelle, holte sein Notizbuch mit der Telefonnummer der Redaktion aus dem Sakko und nahm den Hörer ab.

»Traunsteiner Anzeiger, Mergenthal am Apparat.«

»Guten Morgen, Frau Mergenthal. Hier ist wieder Holger Seiffert von gestern Abend. Könnte ich vielleicht den Kollegen Ziegler sprechen?«

»Der ist gerade bei der Polizei. Wegen dem Selbstmord von diesem Mörder.«

»Könnten Sie ihm etwas ausrichten, wenn er zurückkommt?«

»Natürlich.«

»Dann sagen Sie ihm bitte, dass ich gerade in Traunstein eingetroffen bin und mich wieder melden werde.«

»Sie sind in Traunstein?« Sie klang ziemlich überrascht.

»Ja. Genau gesagt auf dem Stadtplatz. Und jetzt auf dem Weg in das Café neben diesem Kaufhaus Unterforsthuber.«

»Alles klar, gebe ich weiter.«

Seiffert hängte den Hörer ein, überquerte den Platz und betrat das Café, in dem eine schmale, gewundene Treppe in den ersten Stock führte, wo sich laut einem Schild der Gastraum befand. Er bestellte an der Kuchentheke Frühstück mit einer Extraportion Kaffee und fragte dann nach der Toilette. Danach fand er einen freien Tisch am Fenster mit Blick auf den Stadtplatz, setzte sich und genoss für ein paar Minuten die Ruhe.

Als das Frühstück serviert wurde, fragte er die Kellnerin nach der Zeitung. Er bekam sie von einem anderen Gast, der gerade im Aufbruch begriffen war. Der Bericht über Kreuzeders Tod erschien ihm sachlich und frei von jeder Spekulation.

Gerade als er den letzten Bissen Käsebrot hinuntergeschluckt hatte, kam ein dunkelhaariger Mann Mitte fünfzig die Treppe herauf und auf ihn zu.

»Könnte es sein, dass Sie hier auf mich warten?«, fragte er.

»Guten Morgen, Herr Kollege.« Seiffert erhob sich und sie schüttelten sich die Hände. »Freut mich, dass Sie Zeit für mich haben.«

Ziegler rutschte auf die Sitzbank gegenüber und wartete, bis die Kellnerin den Tisch abgeräumt hatte.

»Für mich nichts, Erika, ich muss gleich weiter«, sagte er.

»Für mich noch eine Tasse Kaffee, bitte«, sagte Seiffert.

»Ich kann's immer noch nicht glauben, dass Sie extra aus Frankfurt hierhergekommen sind«, sagte Ziegler. »Muss ja eine mächtig wichtige Sache sein, die Sie da beschäftigt.«

»Nun ja, wie gesagt, es gibt da möglicherweise gewisse Zusammenhänge«, erwiderte Seiffert, der noch immer nicht wusste, wie viel er preisgeben sollte. Aber nachdem Kreuzeder tot war, schien ihm keine Eile mehr geboten. Wichtig war jetzt nur, diesen Viehhändler nicht aufzuscheuchen. »Aber wenn ich ehrlich sein soll«, fuhr er fort, »brauchte ich auch mal eine kleine Luftveränderung. Frankfurt kann manchmal ziemlich anstrengend sein, und ein paar Tage auf dem Land, noch dazu in einer so schönen Gegend, könnten da genau richtig sein.«

»Gute Idee. Denn eigentlich ist für die hiesige Polizei der Mordfall Moser damit abgeschlossen. Es sei denn, Sie zaubern einen neuen Verdächtigen aus dem Hut.«

Seiffert horchte auf. »Würde das wirklich etwas ändern?«

Ziegler schüttelte den Kopf. »Nein. Es sei denn, der Mann legt ein Geständnis ab. Und selbst dann hätte ich meine Zweifel.«

»So überzeugt ist man hier, dass dieser Kreuzeder der Täter war?«

»Die Leute wollen ihre Ruhe haben.«

»Die Presse auch?«

Ziegler setzte zu einer Antwort an, stand dann aber abrupt auf und sagte: »Also, Herr Kollege, hat mich gefreut, Sie kennenzulernen.« Und Seiffert saß wieder allein an seinem Tisch.

Allerdings nicht lange, denn kurz nach Zieglers Abgang kam ein etwa dreißigjähriger Mann mit energischen Schritten auf ihn zu. Mittelgroß, drahtige Figur, kantiges Gesicht. Er musterte Seiffert mit undurchdringlichem Blick, bevor er wortlos auf der Sitzbank gegenüber Platz nahm und die Hände flach auf die Tischplatte legte. Auch Seiffert hielt sich zurück, zumal die Kellnerin gerade den Kaffee servierte. Er bedankte sich und wartete mit der Kellnerin darauf, dass sein Gegenüber etwas bestellte. Doch der Mann blickte nur kurz hoch und sagte: »Danke, Erika.«

Seiffert nippte an seinem Kaffee und fragte: »Kennen wir uns?«

»Noch nicht«, erwiderte der andere, während er die Hände vom Tisch nahm und sich zurücklehnte. »Aber ich habe schon einiges von Ihnen gehört.«

»Von einem Journalisten namens Hartmut Ziegler, schätze ich.«

»Richtig. Aber nicht nur von dem.«

»Polizei?«

»Mehringer mein Name. Kriminalpolizei Traunstein.«

»Freut mich.«

»Verdammt schnittiges Auto, das Sie da fahren«, sagte Mehringer nach einem Blick zum Fenster hinaus.

»Gehört einem Freund.«

»Interessant. Jedenfalls müssen Sie es sehr eilig gehabt haben, hierher zu kommen.«

»Ich fahre gern nachts«, log Seiffert.

Mehringer beugte sich wieder vor und fixierte Seiffert. »Dann kommen wir mal zur Sache: Wie ich von meinem Chef erfahren habe, haben Sie gestern Abend ziemlich aufgeregt angerufen und behauptet, dass dieser Kreuzeder höchstwahrscheinlich unschuldig sei und Sie den wahren Täter kennen würden.«

Seiffert schluckte schwer. Nun saß er in der Zwickmühle. Sollte er diesen forschen Beamten über alles aufklären? Und dann? Dann wäre die Story geplatzt und nichts gewonnen. Nein, dieser Viehhändler gehörte ihm, alles andere hätte seine Berufsehre verletzt. Zumal er nur zu gut wusste, wie viele ehemalige Nazis nach '45 bei der Polizei untergekommen waren. Schön, der hier war noch jung und politisch vielleicht liberal eingestellt. Aber seine Kollegen und Vorgesetzten? Wie viele von denen hatten einst an das Nazikreuz geglaubt? Würden die also wirklich die Ermittlungen aufnehmen und nach einem der ihren suchen, nachdem der Fall bereits zu ihrer Zufriedenheit gelöst war?

»Ich möchte Ihrem Chef nicht unbedingt widersprechen«, erwiderte er schließlich, »aber das mit dem wahren Täter stimmt so nicht. Ich habe ihn nur gebeten, diesen Holzfäller möglichst nicht zu erschießen, sollte man ihn ausfindig machen.«

»Und wie kommen Sie dazu?«

»Nun, ich recherchiere gerade an einem Fall, bei dem es möglicherweise eine Verbindung zu dem Doppelmord am Ehepaar Moser gibt.«

»Was für ein Fall?«

»Tut mir leid, aber darüber möchte ich keine Auskunft geben.«

»Dann machen Sie sich strafbar. Und dafür könnte ich Sie auf der Stelle festnehmen.«

»Und mit welcher Begründung, wenn ich fragen darf? Nach dem Selbstmord von diesem Holzfäller ist der Fall Moser für Sie doch abgeschlossen, oder etwa nicht?«

»Wann der Fall abgeschlossen ist oder nicht, bestimmen nicht Sie. Also, ich frage Sie noch einmal: Über was für Informationen verfügen Sie?«

»Keine, die Sie im Augenblick tangieren würden.«

»Sie halten sich wohl für sehr clever?«

»Überhaupt nicht.« Seiffert schob seine Tasse beiseite und streckte Mehringer seine Hände über den Tisch hin. »Aber bitte. Tun Sie Ihre Pflicht und holen Sie Ihre Handschellen raus.«

Mehringer verzog nur das Gesicht und blickte wieder zum Fenster hinaus.

Zu seiner Überraschung glaubte Seiffert, eine gewisse Betrübtheit in den Augen des Kommissars zu erkennen. So wie der ganze Mann, trotz seines energischen Auftretens, eher bedrückt und zerstreut wirkte. Jedenfalls nicht wie ein Polizist, der gerade einen spektakulären Mordfall gelöst hatte.

»Denken Sie darüber nach, ob Sie nicht doch mehr sagen wollen«, sagte Mehringer und stand auf. »Könnte sein, dass wir mehr gemeinsam haben, als Sie glauben.«

Seiffert glaubte, sich verhört zu haben. »Sagen Sie das nochmal«, bat er.

»Sie haben mich schon verstanden. Jedenfalls bin ich nicht Ihr Feind.«

»Raffiniert!« Seiffert konnte sich ein Grinsen nicht verkneifen. »Haben Sie mit der Masche auch manchmal Erfolg?«

»Ich meine es ernst.«

»Na gut, ich denke darüber nach. Unter diesen Umständen hätte ich allerdings noch eine Bitte.«

»Ja?«

»Mein so schnittiger Wagen hat mir auf der Herfahrt leider Probleme bereitet, vermutlich die Zündung. Sie wissen bestimmt, wo ich in Ihrer hübschen Stadt einen Wagen mieten kann?«

»Wenn Sie mir verraten, wozu?«

»Um mir die Gegend anzusehen, wenn ich schon hier bin.«

Mehringer lächelte unvermutet. »Sie sollten erst einmal ein paar Stunden schlafen, würde ich sagen. Sie sehen reichlich mitgenommen aus.«

»Werde ich. Also?«

»Sind Sie fertig hier?«

Seiffert nickte und kramte beim Aufstehen nach seiner Brieftasche.

»Dann kommen Sie. Ich zeige Ihnen, wo Sie beides kriegen: einen Wagen und ein Hotelzimmer.«

18

Seiffert brauchte eine Weile, bis er das Feldkreuz entdeckte, wo er laut einem älteren Mann, der ihm auf einem Pferdefuhrwerk entgegengekommen war, nach links zum Moser-Hof abbiegen musste. Er fuhr den Hohlweg hinab und parkte den VW Käfer, den er sich bei einer Autowerkstatt unweit des Traunsteiner Stadtplatzes ausgeliehen hatte, etwa hundert Meter vom Hof entfernt in der Wiese. Hier sondierte er kurz die Umgebung, bevor er ausstieg, sich die Tasche mit der Kamera umhängte und den Weg entlang zum Hof schlenderte.

An der Haustür angekommen, blickte er sich erneut aufmerksam um.

Nichts. Nur ein paar Hühner liefen gackernd umher und aus der Ferne erklang der Ruf eines Kuckucks. Aber es musste einer da sein, denn unter einem knorrigen Apfelbaum stand ein Mercedes mit Münchner Kennzeichen. Ein Verwandter der beiden Opfer?

Er klopfte und rief: »Hallo, ist jemand zuhause?«

Keine Reaktion.

Er ging zu einem der Fenster und spähte hinein: die Küche. Auf dem Tisch eine leere Bierflasche und eine Packung Zigaretten.

Aber nirgendwo eine Bewegung.

Dennoch fühlte er sich beobachtet.

Er rief noch einmal und ging dann zum Brunnen, um von dort aus ein paar Fotos von der Vorderansicht des Wohnhauses zu machen.

Noch immer zeigte sich niemand.

Auch gut, dachte Seiffert, und machte sich daran, das Anwesen zu umrunden. Auf der Rückseite fand er eine Stelle im Gras, an der offenbar kürzlich etwas vergraben worden war. Er machte auch davon ein Foto und kehrte schließlich zur Haustür zurück.

Noch immer nichts.

Er warf einen Blick zum nur angelehnten Scheunentor. Sollte er es wagen? Doch irgendetwas hielt ihn davon ab, ohne Erlaubnis in das Haus einzudringen. Na schön, dachte er, dann komme ich eben später noch einmal her.

Er ging zurück zum VW Käfer, wendete und fuhr den Hohlweg wieder hinauf zur Straße. Hier lenkte er den VW aufs Geratewohl eine kleine Anhöhe hoch, auf der ein weiterer, etwas größerer Bauernhof stand. Er parkte vor einem der Nebengebäude, stieg aus und blieb erst einmal am Wagen stehen. Die zwei Kinder, die bei seiner Ankunft vor dem Haus gespielt hatten, waren verschwunden. Dafür bogen kurz hintereinander zwei Männer um die Hausecke und näherten sich mit nicht gerade freundlichen Mienen.

»Sie, was haben Sie hier verloren?«, rief der Jüngere der beiden, ein kräftig wirkender Mittdreißiger mit gerötetem Gesicht.

Seiffert machte eine defensive Handbewegung und sagte schnell: »Keine Sorge, ich bin nur von der Zeitung und wollte Ihnen ein paar Fragen stellen.«

»Da war schon einer da ...«

»Ja, der Herr vom Traunsteiner Anzeiger, schätze ich. Aber ich komme aus Frankfurt und ...«

»Mit Traunsteiner Kennzeichen?«, unterbrach ihn der Mann, während er sich vor Seiffert aufbaute.

»Ist ein Leihwagen. Gekommen bin ich mit dem Zug.«

»Und warum der ganze Aufwand? Wir wissen inzwischen doch alle, wer der Mörder war.«

»Ja, sicher. Aber ...«

»Gut. Dann wäre ja alles geklärt.« Der Mann machte eine Kopfbewegung in Richtung VW.

»Jetzt seid's doch ned so unfreundlich zu dem Herrn«, sagte unvermutet eine durchaus noch junge Frau, die soeben zur Haustür herausgekommen war, im Schlepptau die beiden Kinder.

»Seiffert mein Name«, sagte Seiffert schnell zu ihr. »Ich komme aus Frankfurt und ...«

»Das habe ich schon gehört«, unterbrach ihn die Frau. »Und was genau wollen Sie jetzt wissen?«

»Na ja, wie gesagt, ich bin Journalist und möchte so eine Art Hintergrundbericht über diese schreckliche Tragödie schreiben. Wer dieser Andreas Kreuzeder war, zum Beispiel. Oder wie die Angehörigen von dem ermordeten Ehepaar damit umgehen. Oder auch Nachbarn wie Sie hier.«

»Und wen soll das interessieren?«

Seiffert ging ein, zwei Schritte auf die Frau zu und lächelte betont freundlich. »Sie würden sich wundern! Ich meine, der Krieg ist zwar lange vorbei und die meisten Leute leben wieder in Ruhe und Sicherheit, aber wenn dann so etwas passiert ...«

Die Frau nickte nun doch überraschend verständnisvoll. Sie wechselte einen Blick mit ihrem Mann und sagte: »Also was den Anderl angeht, so hätten wir dem das nie zugetraut.«

Kann ich mir denken, dachte Seiffert.

»Aber jetzt sind Sie überzeugt von seiner Schuld?«

»Mei, warum sonst hätte er sich erschossen?«

»Wir hätten auch nie geglaubt, dass er und die Herta was miteinander g'habt haben«, sagte der Mann, nun fast freundlich.

»Sehen Sie, genau das möchte ich mit meinem Bericht ausdrücken«, sagte Seiffert. »Wie wenig man seine Mitmenschen oft kennt und was für Überraschungen das ergeben kann.«

»Jedenfalls sind wir froh, dass sie den Kerl erwischt haben«, mischte sich der ältere Mann ein. »Das wäre ja kein Leben mehr gewesen.«

»Kann ich mir vorstellen«, sagte Seiffert und deutete den Hang hinab in Richtung Moser-Hof. »Ich war übrigens eben dort unten am Tatort, habe aber niemanden angetroffen. Aber jemand muss da gewesen sein, vor dem Haus stand ein Wagen mit Münchner Kennzeichen.«

»Der gehört dem Sepp, dem Bruder vom Schorsch«, sagte der jüngere Mann. »Kommt aus München, wo er bei Krauss-Maffei arbeitet. A feiner Kerl, der auch mal anpackt, wenn Not am Mann ist.«

»Und führt der den Hof jetzt weiter?«

Der Mann schaute zweifelnd drein. »Kann ich mir nicht vorstellen. Wahrscheinlich verkauft er alles, weil einen Pächter wird er nach der Geschichte nicht finden. Oder täten Sie einen Hof bewirtschaften wollen, auf dem ...« Er stockte und blickte zu Boden.

»Wenn er nicht mal einen Pächter findet, wie will er dann verkaufen?«

»Nicht das Haus natürlich. Aber das Grundstück rundherum und die paar Hektar Wald, die auch dazugehören. Ich hab ihm jedenfalls angeboten, erst einmal einen Teil vom Vieh zu kaufen.«

»Und, macht er es?«

»Kommt auf den Preis an. Eigentlich haben wir schon genug Kühe und täten ihm damit nur einen Gefallen. Aber wenn ihm ein anderer mehr bietet ...«

»Zum Beispiel ein Viehhändler?«

Der Mann lachte »So einer bestimmt nicht.«

»Und warum nicht?«

»Weil die auch ihren Gewinn machen wollen, was sonst.«

»Gibt es da viele davon hier in der Gegend?«

»Zwei oder drei, aber bescheißen tun sie alle.« Er warf seiner Frau einen vielsagenden Seitenblick zu. »Wenn sie nicht gleich noch was gratis dazu haben wollen wie der Kerl aus Beching.«

Die Miene der Frau drückte aus: Lass es gut sein, aber der Mann fuhr unbeirrt fort: »Mir kommt der Kerl jedenfalls nicht mehr ins Haus.«

Seiffert mahnte sich zur Vorsicht, auch wenn das Gespräch genau die gewünschte Richtung genommen hatte. Also verkniff er sich die Frage, wie der Mann hieß und wo dieses Beching lag. Das alles würde er schon herausfinden. Und ebenso, ob dieser aufdringliche Viehhändler als Täter in Frage kam.

»Gut, dann möchte ich nicht länger stören«, sagte er.

19

Seiffert glaubte schon, sich verfahren zu haben, als sich der dichte Fichtenwald zu beiden Seiten der Straße endlich lichtete und in der Ferne die Spitze eines Kirchturms sichtbar wurde.

Das musste es sein.

Beching!

Hinter dem Dorf erhoben sich ebenfalls dicht bewaldete Hügel, die weiter im Süden von einer Gebirgskette abgelöst wurden.

Er passierte ein paar leuchtend grüne Wiesen mit Heuschobern darauf, eine kleine Kapelle im Schutz einer mächtigen Eiche und schließlich das erste Gebäude, mehr eine Baracke, vor der ein paar Kinder spielten. Kurz darauf hatte er eine Art Dorfplatz erreicht, dominiert von einer unerwartet großen, im spätbarocken Stil erbauten Kirche, um die herum der Friedhof angelegt war. Zu sehen war niemand außer einer alten Frau, die gerade aus dem Friedhof kam und eine Gießkanne trug.

Er parkte vor der Friedhofsmauer, stieg aus und blickte sich prüfend um. Und fand genau das, was er gesucht hatte. Ein Gasthof namens »Alpenrose« lag direkt gegenüber der Kirche, gesäumt vom Rathaus und einer Bäckerei. Für eine Unterkunft und das leibliche Wohl dürfte also gesorgt sein, sollte er länger hierbleiben. Er überlegte, ob er gleich einen Rundgang durch das Dorf machen sollte, entschied dann aber, erst einmal etwas zu essen und die Zimmerfrage zu klären.

Er betrat die Gaststube, in der an einem Ecktisch drei alte Männer hockten, jeder einen Krug mit Bier vor sich, und Karten spielten. Bei seinem Anblick unterbrachen sie ihr Spiel und schauten ihn neugierig an. Er nickte ihnen freundlich zu und sagte »Einen schönen Tag, die Herren«, aber keiner der drei erwiderte seinen Gruß. Also blieb er am Tresen stehen und blickte durch die offene Tür in den Raum dahinter, der wohl als Küche diente. Der Mann, der in diesem Moment herauskam, war um die sechzig, knochig und blickte mürrisch drein. Er schien ebenso überrascht zu sein wie die anderen, dass hier ein Fremder auftauchte, und musterte Seiffert interessiert, während er sich die Hände mit einem zerschlissenen Handtuch trocken rieb.

»Sie wünschen?«, fragte er schließlich.

»Holger Seiffert mein Name. Sagen Sie, vermieten Sie auch Zimmer?«

»Kommt darauf an, was für Ansprüche Sie stellen.«

»Ein Bett würde mir fürs Erste reichen.«

»Tja, könnte ein bisschen schwierig werden bei Ihrer Größe.«

»Keine Sorge. Da komme ich schon zurecht.«

»Und für wie lange?«

»Kann ich noch nicht sagen. Ein paar Tage vielleicht.«

Der Wirt legte das Handtuch weg und rümpfte ungeniert die Nase. »Wie ein Urlauber sehen Sie aber nicht gerade aus.«

»Finden Sie?« Seiffert fühlte sich ertappt. Er sagte schnell: »Nun ja, eigentlich bin ich Schriftsteller und auf der Suche nach einem Ort, wo ich möglichst ungestört arbeiten kann. Das heißt, wenn es mir hier gefallen sollte, bleibe ich auch länger.«

»Soll mir recht sein. Möchten Sie das Zimmer gleich sehen?«

»Nicht unbedingt. Aber gäbe es vielleicht etwas zu essen?«

Der Wirt schüttelte den Kopf. »Meine Frau kommt erst gegen sechs, ist noch beim Pfarrer, für den sie auch kocht.

Aber ich könnte Ihnen Brot und Speck anbieten. Oder ein paar Rühreier.«

»Danke. Dann komme ich lieber später vorbei.«

»Wie Sie wollen.«

Seiffert trat wieder ins Freie hinaus, schulterte sein Sakko und machte sich daran, das Dorf zu erkunden. Ihm war natürlich bewusst, dass sein Auftauchen hier Wellen schlagen würde und dieser Viehhändler, sollte er wirklich der gesuchte Mann sein, sofort einen Zusammenhang herstellen würde, egal, ob er sich als Urlauber, Vertreter oder Schriftsteller ausgab. Die Frage war nur, wie der Kerl darauf reagieren würde. Stillhalten und abwarten? Oder sofort aktiv werden, auf welche Weise auch immer?

Aber egal. Er war immerhin 1,93 groß, wog gut hundert Kilo und noch wusste niemand, ob er allein und auf eigene Faust unterwegs war oder Auftraggeber hinter sich hatte. So leicht würde sich der Kerl also nicht an ihn heranwagen. Er warf einen Blick in das Schaufenster der Bäckerei, die bereits geschlossen hatte, bevor er den Dorfplatz überquerte und einem leicht abschüssigen Weg folgte, der an einer Pferdekoppel vorbei zum Dorfweiher führte. Er ging halb um den Weiher herum und passierte ein paar Bauernhöfe, allesamt eher kümmerlich bis auf den letzten, bei dem in der Zufahrt neben einem Mercedes auch ein Viehanhänger geparkt war.

Wer sagt's denn, dachte Seiffert triumphierend und blieb stehen, um die Wandmalerei über der Haustür zu betrachten: einen Reiter in Rüstung und rotem Umhang, der mit seinem Speer nach einem Drachen stieß.

Bis an der Hausecke eine ältere Frau auftauchte, die ihn wortlos, aber abweisend musterte.

Seiffert nickte auch ihr freundlich zu und setzte seinen Rundgang fort, wobei er kurz vor der Kirche auf eine alte

Villa stieß, an die man ein neues, aber schlichtes Wohngebäude angebaut hatte. Davor war ein kleiner Gemüsegarten angelegt, in dem eine schlanke, dunkelhaarige Frau um die vierzig gerade damit beschäftigt war, Unkraut zu zupfen. Bei seinem Auftauchen richtete sie sich auf, strich sich eine Haarsträhne aus der Stirn und blickte ihn mit einem verschmitzten Lächeln an.

»Sieh mal einer an«, sagte sie. »Was hat Sie denn hierher verschlagen?«

»Nichts Besonderes«, erwiderte Seiffert. »Bin nur auf der Suche nach einem Ort, wo ich in Ruhe meinen Roman fertig schreiben kann.«

»Sie sind Schriftsteller?«

»Noch nicht. Aber vielleicht in einem halben Jahr. Vorausgesetzt, ich finde einen Verleger … Und Sie? Was machen Sie hier außer Tomaten züchten?«

»Ich bin Lehrerin.« Die Frau deutete zur Villa. »Und das dort ist unser Schulhaus.«

»Was für Klassen unterrichten Sie denn?«

»Die von eins bis vier. Die anderen macht der Herr Hauptlehrer, der auch im ersten Stock wohnt.« Sie schenkte ihm ein zweites Lächeln. »Und, werden Sie in Beching bleiben?«

»Das weiß ich noch nicht. Bin ja eben erst angekommen.«

Die Frau wischte sich die rechte Hand an ihrem Rock ab und streckte sie Seiffert entgegen.

»Ich bin die Marlene.«

»Holger.«

Sie schüttelten sich die Hände.

»Ich würde Sie ja gerne zu einer Tasse Kaffee einladen, aber ich habe gleich eine Unterrichtsstunde.«

Seiffert blickte auf die Kirchturmuhr. Es war kurz vor sechzehn Uhr. »Um die Zeit?«

»Ich gebe auch Klavierunterricht. Allerdings nur für die Tochter des Bürgermeisters. Sonst interessiert sich hier niemand für klassische Musik.«

»Wohnen Sie denn schon lange hier?«

»Fast mein ganzes Leben ... Und Sie, wie sind Sie ausgerechnet auf Beching gekommen?«

»Ein Freund von mir war kurz nach dem Krieg hier in der Gegend und hat gemeint, dass ich hier garantiert ungestört arbeiten könnte. Die reinste Idylle, wie er sagte.«

»Na, ich weiß nicht ...«

»Sie meinen diesen schrecklichen Doppelmord, der sich vor Kurzem hier in der Nähe ereignet hat?«

»Genau.«

»Da haben sie den Täter doch gerade erwischt, wie ich gestern in der Lokalzeitung gelesen habe.«

»Ja, Gott sei Dank. Was für einen Roman schreiben Sie eigentlich, wenn ich fragen darf? Eine Liebesgeschichte oder was Dramatisches?«

Wie üblich, wenn er lügen musste, entschied sich Seiffert, möglichst nahe an der Wahrheit zu bleiben. »Nun ja, es ist die Geschichte eines jüdischen Boxers, der vor den Nazis flüchten muss und über Spanien, wo er kurz in den Bürgerkrieg dort verwickelt wird, weiter nach Mexiko emigriert, wo er dann das Ende des Nazi-Regimes abwartet.«

»Klingt spannend. Und wenn ich Sie so ansehe, könnte die Geschichte glatt autobiografisch sein, oder täusche ich mich da?«

Als Seiffert nicht sofort antwortete, fügte sie hinzu: »Ist doch bekannt, dass die meisten Schriftsteller in ihrem ersten Buch Dinge aus ihrem Leben verarbeiten.«

»Schon möglich ...«

»Und, haben Sie in Spanien auch Hemingway kennengelernt?«

Seiffert nickte. Eine Frage, die er bestimmt schon hundertmal beantwortet hatte. »Habe ich. In einer Hotelbar in Madrid Ende '37.«

»Und?«

»Na ja, er war wie üblich betrunken und furchtbar selbstgefällig. Wollte nur im Mittelpunkt stehen. Wie ein kleines Kind.« Er lächelte, als die Erinnerung wieder auflebte. Einer der Abende, die er nie vergessen würde. Reichlich Wein, schöne Frauen, und mittendrin ein berühmter Mann, der für kostenlose Unterhaltung sorgte.

»Das war aber nicht alles«, insistierte die Frau.

»Sie sind ganz schön neugierig«, sagte Seiffert, dem die Frau immer besser gefiel. »Aber gut, wenn Sie es genau wissen wollen: Nachdem er erfahren hatte, dass ich mal geboxt habe, wollte er unbedingt mit mir kämpfen.«

»Und?«

»Sagen wir mal so: Ich hab mich verlieren lassen. Sonst wäre er am nächsten Tag für seine Umgebung unausstehlich gewesen. Haben Sie *Wem die Stunde schlägt* gelesen?«

»Nein. Aber ich habe den Film gesehen.«

»Dann kennen Sie auch das Buch.«

»Grüß Gott, Frau Lehrerin«, erklang hinter Seiffert eine zarte Stimme. Er drehte sich um und erblickte ein etwa zehnjähriges Mädchen, das nun an ihm vorbei zur Gartentür schlüpfte.

»Also dann«, sagte Seiffert, »viel Vergnügen mit Chopin und Co.«

»Sehen wir uns wieder?«, fragte Marlene.

»Ich denke schon.«

»Gut, ich würde mich freuen.« Nach diesen Worten winkte sie das Mädchen zu sich in den Garten und Seiffert schlenderte weiter.

20

»Brauchst du mich noch?« Roswitha blickte Mehringer fragend an, ihre Handtasche schon griffbereit.

Mehringer sah auf und schüttelte den Kopf.

»Was ist eigentlich los mit dir?« Roswitha trat an seinen Schreibtisch und musterte Mehringer mit mütterlicher Strenge. »Alle sind zufrieden und dankbar, dass diese schrecklichen Morde endlich aufgeklärt sind, nur du machst ein Gesicht wie sieben Tage Regenwetter.«

»Tut mir leid«, sagte Mehringer und versuchte ein Lächeln. Er mochte die Sekretärin, die seit dem Wiederaufbau der Kriminalabteilung dabei war, wollte sie aber nicht mit seinen Zweifeln und Sorgen behelligen. Offiziell war der Mordfall Moser abgeschlossen, und dass das Auftauchen dieses Frankfurter Journalisten etwas daran ändern würde, hielt er für unwahrscheinlich – auch wenn der Mann garantiert mehr wusste, als er zugab, und der Mord an dieser Miriam Schuler in puncto Grausamkeit durchaus Parallelen zum Mordfall Moser aufwies.

»Also dann, bis morgen.« Die Sekretärin streifte ihren Mantel über und verließ das Büro.

Mehringer ging zum Fenster und blickte auf den Stadtplatz hinunter. Er überlegte kurz, ob er Gerda von der Arbeit abholen sollte, hatte dann aber eine andere Idee. Er holte die Autoschlüssel des Dienst-Opels aus der Schublade von Kraus'

Schreibtisch, sperrte ab und lief die Treppe hinab. Fünf Minuten später hatte er die Stadt hinter sich gelassen und war in Richtung Grassau unterwegs. Er war zwar hundemüde und fühlte sich verbraucht, aber dennoch: Mal sehen, was dieser ominöse Journalist inzwischen getrieben hatte.

Am Moser-Hof angekommen, hielt er direkt vor der Haustür und blickte sich um. Der Wagen des Bruders war nun unter einem knorrigen Apfelbaum geparkt, der Mann selbst kam umgehend aus dem Haus und winkte Mehringer freudig zu. Mehringer stellte den Motor ab und stieg aus.

»Herr Kommissar, Sie ahnen ja gar nicht, wie sehr ich mich freue, Sie wiederzusehen.«

»Das hat letzte Woche aber noch ganz anders geklungen.«

»Ja. Tut mir auch schrecklich leid, aber ...«

»Schon vergessen«, unterbrach ihn Mehringer.

Sie schüttelten sich fest die Hände.

»Sind Sie wenigstens gut nach Hause gekommen?«

»Bin ich.«

Mehringer folgte Moser wieder einmal in die Küche, in der die Hälfte des Abendessens noch auf dem Tisch stand: Bratkartoffeln mit Spiegelei, Speck und eine angebrochene Flasche Bier.

»Oh, tut mir leid, dass ich Sie beim Essen gestört habe«, sagte Mehringer.

»Halb so wild. Trinken Sie ein Bier mit?«

»Gerne.«

Mehringer setzte sich, und sowie die Flasche Bier auf dem Tisch stand, sagte Moser: »Ich hab's in der Früh schon im Radio gehört und bin dann gleich ins Dorf rein, um mir die Zeitung zu besorgen. Ich hab auch versucht, Sie zu erreichen, aber Sie waren leider nicht zu sprechen.«

Mehringer nickte. »Tut mir leid, aber Sie glauben gar nicht, was heute alles los war.«

»Doch, doch.« Moser nahm Teller und Besteck vom Tisch und stellte alles auf die Anrichte neben der Spüle. »Aber das gestern war perfekte Polizeiarbeit. Meine Hochachtung.«

»Na ja, das meiste davon haben die Kollegen von der Landpolizei geleistet«, wehrte Mehringer ab. »Ich bin ja erst hinzugekommen, als der Kreuzeder schon in der Falle saß.«

»Das schon«, sagte Moser und setzte sich an den Tisch. »Aber so, wie es in der Zeitung steht, haben Sie mit ihm verhandelt und dabei einiges riskiert, oder etwa nicht?«

»Vielleicht. Abgesehen davon wäre es mir viel lieber gewesen, wir hätten den Mann lebend gefasst.«

»Tatsächlich?«

»Ein Selbstmord ist kein Geständnis, wenn man es genau nimmt. Und ich hätte schon gern erfahren, was in dieser Nacht genau passiert ist.«

Moser nickte mit nachdenklicher Miene. »Stimmt, da haben Sie recht. Das hätte ich auch gerne erfahren. Vor allem, wieso er das mit der Herta gemacht hat. So etwas tut man doch nicht einmal seinem schlimmsten Feind an.«

»Eben.« Mehringer blickte sich kurz forschend um. »Aber jetzt zu etwas anderem: Hatten Sie heute Nachmittag zufällig Besuch von einem Journalisten namens Holger Seiffert?«

Moser nickte erneut. »Wenn der Kerl eine Figur wie der Curd Jürgens hat, dann ja.«

»Und? Was wollte er?«

»Keine Ahnung. Ich war drüben im Wald und habe ihn nur beobachtet. Hatte irgendwie keine Lust, mit jemandem zu reden. Er ist einmal um das Haus herumgegangen, hat ein paar Fotos gemacht und weg war er wieder.«

»Interessant. Und was hätten Sie gemacht, wenn er versucht hätte, in das Haus einzudringen? Ihre Pistole herausgeholt?«

Moser lächelte freudlos. »Fragen Sie mich was Leichteres.«

»Wie wär's damit: Hat Ihre Schwägerin vielleicht einmal den Namen Miriam Schuler erwähnt?«

»Miriam Schuler?« Moser schüttelte sachte den Kopf. »Nicht, dass ich mich erinnern könnte. Wieso?«

»Nun ja, dieser Seiffert hat gestern Abend von Frankfurt aus meinen Chef angerufen und behauptet, dass er über Informationen verfügen würde, die belegen würden, dass der Kreuzeder höchstwahrscheinlich zu Unrecht verdächtigt wird und wir deshalb bei seinem Anblick nicht sofort von der Schusswaffe Gebrauch machen sollten.«

»Das glaube ich jetzt nicht.«

»Ist aber so. Muss ungefähr zur selben Zeit passiert sein, als sich der Kreuzeder erschossen hat. Seiffert war also zu spät dran mit seinem Hinweis.«

»Und was will der Kerl jetzt hier? Nachträglich die Unschuld vom Kreuzeder beweisen?«

»Gute Frage. Jedenfalls ist er heute früh in Traunstein aufgetaucht und hat als Grund für seine Nachforschungen erklärt, dass ein Mordfall in Frankfurt eine Verbindung zu der Ermordung Ihres Bruders und seiner Frau aufweisen würde. Mehr war allerdings nicht aus ihm herauszukriegen, und da ich keine Handhabe hatte, ihn festzuhalten, kurvt er jetzt durch die Gegend.«

»Das wird ja immer verrückter.« Moser steckte sich mit fahrigen Bewegungen eine Zigarette an. »Erst waren's die Zigeuner, dann dieser Holzfäller, und jetzt der große Unbekannte, oder wie?«

»Sie sagen es. Ich habe bei den Kollegen in Frankfurt natürlich sofort nachgefragt, und was glauben Sie, was die mir erzählt haben: Dass es in den letzten Wochen keinen Mordfall gab, ihnen just heute Mittag aber von der völlig aufgelösten Sekretärin eines Rechtsanwalts gemeldet wurde, dass sie eine gewisse Miriam Schuler entdeckt hätte, brutal ermordet in ihrer Wohnung.«

»Das heißt, der Kerl lügt. Und ist vielleicht gar kein Journalist.«

»Doch, doch, das mit seinem Beruf habe ich natürlich auch überprüft. Er hat an sich einen sehr guten Ruf, aber was ihn in diesem Fall antreibt, weiß keiner seiner Kollegen.«

»Dann würde ich vorschlagen, dass Sie sich den Mann so schnell wie möglich greifen und vornehmen.«

»Werde ich, sobald ich weiß, wo er untergekommen ist.« Mehringer deutete auf das Huhn, das gerade durch die offen gebliebene Haustür in die Wohnküche spaziert kam. »Und Sie? Wie ich sehe, führen Sie die Landwirtschaft erst einmal weiter?«

»Ja, aber nicht mehr lange.« Moser warf einen Blick auf die Küchenuhr. »Ich warte gerade auf einen Viehhändler, der schon mal hier war, die Viecher aber geschenkt haben wollte. Bin gespannt, was er mir heute bietet.«

Er hatte kaum ausgesprochen, da erklang Motorengeräusch, das rasch näherkam. »Das wird er sein«, sagte Moser und stand auf.

Mehringer blieb in der Haustür stehen und sah zu, wie der Mercedes mit dem Viehanhänger hinter seinem Opel zum Stehen kam. Der Mann, der ausstieg, war wohl Ende vierzig, mittelgroß und kompakt gebaut. Er trug einen grauen Arbeitsmantel und Gummistiefel, in der rechten Hand hielt er einen langen Holzstock.

»Sagen Sie ihm lieber nicht, wer ich bin«, sagte Mehringer schnell. »Sonst geht die Fragerei wieder los.«

»Geht klar«, erwiderte Moser und ging auf den Mann zu. »Grüß Gott, Herr Leitner. Schön, dass Sie ...«

»Na, was sagen Sie jetzt?«, unterbrach ihn Leitner. »Auf unsere Polizei ist doch Verlass, oder?«

»Kann man wohl sagen.«

»Aber typisch für solche Verbrecher: Wenn's ihnen selbst an den Kragen geht, haben sie keinen Mumm und machen sich feige vom Acker.«

»Stimmt.«

»Na ja, jedenfalls ist jetzt wieder Ruhe eingekehrt ... Und Sie? Haben Sie inzwischen überlegt, was Sie mit dem ganzen Krempel anstellen?«, fragte er, während sein Blick über den Hof schweifte. »Abkaufen wird Ihnen die Bude jedenfalls niemand.«

»Wer sagt denn, dass ich verkaufen will?«

»Nein? Na schön, dann wollen wir mal«, sagte Leitner und klopfte Moser dabei mit großspuriger Geste auf die Schulter. »Aber eins sage ich Ihnen gleich: Wenn Sie sich heute genauso stur anstellen wie beim letzten Mal, wird nichts aus dem Geschäft.«

Der Viehhändler warf Mehringer beim Vorbeigehen einen misstrauischen Blick zu, sagte aber nichts. Und Moser tat so, als sei Mehringer gar nicht vorhanden. Die zwei verschwanden in der Scheune, und Mehringer blickte ihnen verblüfft hinterher. Nur eine Sinnestäuschung, oder steckte mehr dahinter? Denn wenn er sich soeben nicht verhört hatte, klang die Stimme dieses Viehhändlers genauso wie die des anonymen Anrufers, der ihn an jenem Sonntagvormittag auf Kreuzeders Spur gebracht hatte. Dumpf und mit leicht aggressivem Unterton.

Um sicherzugehen, folgte er den beiden unauffällig, blieb aber in der Tür zum Stall stehen und lauschte den hitzig geführten Verhandlungen. Wobei er schon nach wenigen Minuten endgültig überzeugt war: Dieser Leitner war der Anrufer. Er überlegte kurz, ob er den Mann hier und jetzt darauf ansprechen sollte, ließ es dann aber sein. Nicht in Anwesenheit von Moser. Aber sobald er mehr wüsste über diesen Viehhändler, würde er ihn damit konfrontieren. Denn in einem Punkt hatte der Idiot von Kraus schon recht gehabt: Trotz der zutreffenden Informationen war irgendetwas an diesem Anruf und dem Mann dahinter faul gewesen.

21

Auf dem Dorfplatz von Beching angekommen, stellte Mehringer seine Horex vor dem Gasthaus Alpenrose ab und blickte sich prüfend um. Er kannte das Dorf nur flüchtig, war lediglich einmal hier gewesen, als im September vorigen Jahres dieser Student aus München während einer Wanderung in den Bergen spurlos verschwunden war. Sehr wahrscheinlich tödlich verunglückt, obwohl man seine Leiche bis heute nicht gefunden hatte.

An der Friedhofsmauer gegenüber parkte ein VW Käfer, sonst war kein Fahrzeug zu sehen. Und auch keine Menschen.

Was nun? Er grübelte immer noch, wie er vorgehen sollte. Sollte er einfach nach Leitners Anwesen fragen und dort den Mann direkt auf den anonymen Anruf ansprechen? Oder sollte er zunächst Erkundigungen über den Viehhändler einziehen? Vielleicht beim Bürgermeister? Oder bei seinen Nachbarn? Oder gar beim Pfarrer? Aber was würde das schon bringen? Letztlich würde er sich selbst ein Bild von dem Mann machen müssen, von Angesicht zu Angesicht. Und dann sehen, was der zu seinem Anruf zu sagen hatte.

Er ging einmal um das Motorrad herum und wartete auf irgendein Lebenszeichen, doch niemand ließ sich blicken. Nicht einmal ein Hund. Der Dorfplatz lag wie ausgestorben vor ihm. Also gut, dachte er, versuchen wir es erst einmal beim Wirt. Seine Marke wollte er vorerst steckenlassen.

Er betrat die Gaststube, in der drei Männer am Stammtisch saßen und Karten spielten. Bei seinem Anblick unterbrachen sie ihr Spiel und musterten ihn stumm. Mehringer grüßte freundlich, stellte sich an den Tresen und hielt nach dem Wirt Ausschau. Bis einer der Kartenspieler, ein vierschrötiger Mittvierziger mit kaltem Blick, spöttisch sagte: »Da schau her, schon wieder einer, der ned von da ist.«

Mehringer lächelte trotzdem, stieß sich vom Tresen ab und setzte sich an den Tisch gleich neben der Tür. Es dauerte ein wenig, bis sich der Älteste am Stammtisch, ein hagerer Mann um die sechzig mit mürrischem Gesichtsausdruck, umständlich erhob und an seinen Tisch trat.

»Sie wünschen?«

»Ein Helles wäre recht.«

Der Wirt schlurfte hinter den Tresen. Der Vierschrötige behielt Mehringer weiter im Blick und sagte: »Was ist, gibst eine Runde aus?«

Mehringer zögerte kurz. Der Kerl war ihm zwar zuwider, aber wenn er ihm dadurch ein paar Informationen entlocken konnte, warum nicht ... Andererseits wollte er keine Schwäche zeigen, schon gar nicht so einem Dorfrüpel gegenüber.

»Kommt darauf an«, erwiderte er.

»Und auf was?«

»Ob Sie mir sagen können, wo der Viehhändler Herbert Leitner wohnt.«

Der Vierschrötige erstarrte. Wirkte schlagartig feindselig. Als hätte Mehringer ihn zutiefst beleidigt. Dann stand er ruckartig auf, stieß seinen Stuhl zurück und baute sich vor Mehringers Tisch auf.

»Wer bist denn du überhaupt?«

»Nur ein Mann, der eine Frage hat.«

»Und woher kennst du den Herbert?«

»Ich kenne ihn gar nicht. Aber ich würde ihn gern kennenlernen.«

Der Vierschrötige schien verwirrt. Er leckte sich kurz die Lippen und blickte unschlüssig zum Wirt, der hinterm Tresen stand und sie aufmerksam beobachtete.

»Der Janek da arbeitet bei ihm«, sagte der Wirt in die eingetretene Stille.

»Hat dich wer gefragt?«, fuhr Janek den Wirt an. »Kümmer dich um deinen eigenen Scheiß.«

Der Wirt hob abwehrend die Hand. »Ist ja gut, Janek ...«

»Und was willst von ihm?« Janek war näher gerückt, seine klobigen Hände nun auf die Tischplatte gestützt.

»Ist meine Sache, würde ich sagen.«

»So, meinst du?«

Mehringer verzichtete auf eine Antwort.

»Dann hast Pech.« Janek grinste unvermutet. »Der Herbert ist heute in Rosenheim und kommt erst spät zurück.«

»Aber morgen ist er zuhause?«

Janek zuckte mit den Schultern. »Was weiß ich. Aber vielleicht kann ich ihm ja was ausrichten.«

»Eher nicht. Aber vielleicht können Sie mir den Weg zu seinem Hof zeigen. Ich würde gerne sehen, wie er wohnt.«

»Was?« Janek drehte sich zu dem dritten Mann um, der nun ebenfalls aufgestanden war und nähertrat. »Hast du das gehört, Simmerl? Nicht sagen, was er will, aber herumspionieren möchte er, der feine Herr.«

Na schön, dachte Mehringer, Ende der Vorstellung. Zumal er einen guten Schritt vorangekommen war. Denn wer solch ein Personal beschäftigte, dürfte auch selbst kein angenehmer Mensch sein. Wie der Herr, so's Gescherr! Er erhob sich, zückte seine Brieftasche und ließ ein Zweimarkstück auf die Tischplatte fallen.

»Fürs Bier und die nette Unterhaltung.«

Zurück auf dem Dorfplatz traute er seinen Augen nicht. Da öffnete dieser Frankfurter Journalist namens Seiffert doch gerade die Beifahrertür des VW und kramte im Handschuhfach. So ein falscher Hund, dachte Mehringer. Von wegen, er würde nur herumfahren, um sich die Gegend anzuschauen. Der Kerl wusste definitiv mehr, als er zugab. Verfolgte vielleicht sogar ein bestimmtes Ziel. Was auch der Grund dafür sein dürfte, weswegen er nicht mit seinem Chevrolet mit Frankfurter Kennzeichen hier aufgekreuzt war, sondern mit einem unauffälligen Mietwagen aus Traunstein.

Na warte, Bürschchen. Mehringer setzte sich in Bewegung.

»Wen haben wir denn da?«, rief er auf halbem Weg.

Der Journalist drehte sich um und blickte Mehringer mit einer Mischung aus Überraschung und Unwillen an. »Herr Kommissar, was machen Sie denn hier?«

»Das Gleiche könnte ich Sie fragen, meinen Sie nicht?«

Seiffert lächelte vage. »Ich hab Ihnen doch gesagt, dass ich mir die Gegend anschauen möchte.«

»Die Gegend ist groß«, erwiderte Mehringer.

»Sehr richtig. Und die Welt klein, wie es scheint.«

»Also?«

»Also was?«, wiederholte Seiffert mit einem Grinsen. »Wollen Sie mir wieder einmal drohen, nur weil ich einen kleinen Ausflug unternommen habe?«

»Ich möchte nur wissen, wieso Sie dabei ausgerechnet hier in Beching gelandet sind.«

»Reiner Zufall. Und Sie? Was führt Sie hierher, wenn ich fragen darf?«

Mehringer schob sich an Seiffert vorbei, schlug die Wagentür zu und blickte ihm fest ins Gesicht. »So, und jetzt Schluss mit dem Versteckspiel, raus mit der Sprache: Was verschweigen Sie mir? Oder genauer gesagt: Was hat der Mordfall Miriam Schuler mit Ihrem Auftauchen hier zu tun?«

»Miriam Schuler«, wiederholte Seiffert stockend.

»Ja, genau. In ihrer Wohnung grausam umgebracht und dann wie ein Stück Abfall in den Küchenschrank gestopft. Und Sie haben davon gewusst, obwohl die Leiche erst gestern Vormittag entdeckt wurde.«

»Ich habe nie behauptet, dass meine Recherchen etwas mit diesem Mord zu tun haben.«

»Blödsinn. Zwei Frauen, die etwa zur gleichen Zeit ungewöhnlich brutal ermordet werden, die eine in Frankfurt, die andere hier in der Gegend, aber aus Frankfurt stammend. Wollen Sie mir also wirklich weismachen: Alles nur ein Zufall?«

Seiffert blieb stumm.

Mehringer stieß einen Seufzer aus. So ein störrischer Kerl! Und er konnte ihn zu nichts zwingen. Aber vielleicht für sich gewinnen, zumal ihm der Mann trotz allem nicht unsympathisch war. Milder gestimmt, sagte er: »Hören Sie, ich weiß, dass Sie als Journalist manchmal eigene Wege gehen müssen, aber wie ich Ihnen gestern schon erklärt habe, könnte es sein, dass wir einiges gemeinsam haben, vielleicht sogar, dass wir beide in diesem Fall am selben Strang ziehen, ohne es zu wissen. Nur so viel: Ich habe auch meine Zweifel, ob dieser Kreuzeder der Täter war, ob bei diesem Doppelmord nicht andere Mächte am Werk waren.«

»Ist das Ihr Ernst?«

»Absolut.«

»Und wie kommen Sie darauf?«

»Zunächst einmal aufgrund der seltsamen Umstände, wie wir auf den Mann aufmerksam geworden sind. Sie wissen schon, dieser anonyme Anrufer. Und zweitens, weil ich mit dem Mann zweimal zusammengetroffen bin. Beide Male zwar nur kurz und unter extremen Umständen, aber doch lange genug, um ihn nicht für einen Sadisten und eiskalten Mörder zu halten.«

»Sondern?«

»Sondern für einen Mann, der möglicherweise auf übelste Art reingelegt wurde.«

»Na gut, reden wir.« Seiffert tippte Mehringer an die Brust. »Aber Sie zuerst, Herr Kommissar.«

»Einverstanden.« Mehringer wartete, bis Seiffert den VW abgesperrt hatte, und fragte dann: »Was halten Sie von einem kleinen Spaziergang?«

»Gute Idee.«

Sie gingen nebeneinander über den Platz und wandten sich dem etwas abschüssigen Weg zu, der zum Dorfweiher führte. Seiffert deutete auf die Bergkette im Süden. »Haben die Gipfel da alle auch einen Namen?«

»Ich denke schon.«

»Ich habe einen Bekannten, der letztes Jahr bei dieser Nepal-Expedition dabei war.«

»Der würde sich hier nur langweilen, fürchte ich.«

Sie blieben am Rand des Weihers stehen und betrachteten schweigend die darin umherschwimmenden Enten. Zu sehen war noch immer niemand, nur aus einem Schuppen gegenüber erklang das Geräusch einer Kreissäge.

Mehringer räusperte sich und sagte schließlich. »Nun, um es kurz zu machen: Als ich gestern Abend nochmals auf dem Moser-Hof war, um herauszufinden, ob Sie auch dort waren, ist da ein Mann aufgetaucht. Genauer gesagt, ein Viehhändler hier aus Beching, der dem Josef Moser ein paar Kühe abkaufen wollte. Ich selbst habe nicht mit ihm gesprochen, aber seine Stimme habe ich eindeutig wiedererkannt.«

»Der anonyme Anrufer?«

»Exakt.«

»Und sein Name?«

»Leitner. Herbert Leitner.«

»Und wieso haben Sie den Mann nicht sofort darauf angesprochen?«

Mehringer zuckte mit den Schultern. »Gute Frage. Vielleicht, weil er mir auf Anhieb unsympathisch war. Vor allem aber, um den Josef Moser da herauszuhalten. Jedenfalls fürs Erste.«

»Und jetzt fragen Sie sich, welche Rolle dieser so bestens informierte Viehhändler bei dem Ganzen spielt?«

»Allerdings.«

Seiffert klopfte Mehringer auf die Schulter. »Na dann gehen wir den Herrn doch mal besuchen. Und ich erzähle Ihnen unterwegs, was ich bislang in Erfahrung gebracht habe. Also hören Sie gut zu.«

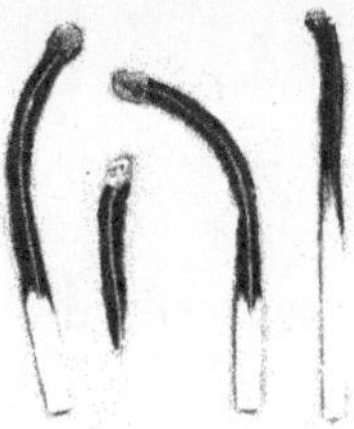

22

Und Mehringer hörte zu. Und je mehr er hörte, desto fassungsloser wurde er. Dass die Sache etwas mit Herta Moser zu tun haben könnte, dieser Verdacht war ihm ja schon früher gekommen. Irgendein dunkler Punkt in ihrer Vergangenheit, der sie nun eingeholt hatte. Aber wie hätte er ahnen können, dass die so tüchtige wie beliebte Frau das Opfer eines abartigen Kriegsverbrechers geworden war.

»Das ist ja ungeheuerlich«, sagte er, nachdem Seiffert seinen Bericht beendet hatte und in der Nähe eines prächtig herausgeputzten Bauernhofs stehengeblieben war.

»Das kann man wohl sagen.«

»Und in diesem blumengeschmückten Kasten da vorne wohnt er, oder wie?«, fragte Mehringer ungläubig.

»Genau da. Mit Frau und zwei kleinen Töchtern. Dazu kommen die Mutter der Frau, eine ältere Magd und ein Helfer namens Janek.«

Mehringer nickte. »Den Kerl habe ich gerade in der Gaststube kennengelernt. Ein äußerst unangenehmer Bursche.« Mehringer verzog vor Widerwillen das Gesicht. »Und, haben Sie Leitner schon zu Gesicht bekommen?«

»Ich denke nicht. Wie sieht der Kerl denn aus?«

»Auf den ersten Blick unauffällig«, erwiderte Mehringer. »Vielleicht Ende vierzig, korpulent, kleine, eng stehende Augen. Was allerdings sein Auftreten betrifft ...«

»Ja?«

»Eindeutig ein Mann, mit dem man lieber nichts zu tun haben möchte.«

Seiffert nickte. »So hat ihn mir der Wirt gestern Abend auch geschildert, wenn auch nicht so direkt.«

»Dieser mürrische Kerl?«

»Habe ich zuerst auch gedacht. Aber anscheinend war er früher mal die tonangebende Person hier im Dorf, bevor sich der Leitner breitgemacht hat. Jedenfalls habe ich dabei erfahren, dass der Mann vor fünf Jahren, im Herbst '51, zum ersten Mal hier in der Gegend aufgetaucht ist, offenbar die Taschen voller Geld und im Schlepptau diesen Janek, einen Polen, mit dem man sich besser nicht anlegt. Ein halbes Jahr später hat er dann die einzige Tochter des größten Bauern hier im Dorf geheiratet und ist seitdem der große Zampano.«

»Gab es denn keine Söhne auf dem Hof?«

»Doch. Sind aber beide kurz nach Kriegsbeginn gefallen.«

»Und weiß der Wirt auch, was er vorher gemacht hat?«

»Da meinte er nur, das wüsste keiner so genau hier. Vielleicht seine Frau und ganz sicher dieser Janek, aber die werden uns wohl kaum Auskunft geben. Sicher ist nur, dass er aus der Landwirtschaft kommt, so geschickt, wie er mit Haus, Hof und Vieh umgeht.«

»Aber von irgendwoher muss dieses Geld ja gekommen sein.«

»Vielleicht ist er nach dem Zusammenbruch nach Südamerika geflüchtet, hat dort eine Hazienda betrieben und sie mit Gewinn verkauft.«

»Glauben Sie?«

»Möglich wäre es. Aber vielleicht steckt auch etwas ganz anderes dahinter.«

»Und das wäre?«

»Nun, wie Sie sich denken können, hatte ich in den ersten Jahren nach dem Krieg viel mit den Amerikanern zu tun. Also zu der Zeit, als die noch scharf darauf waren, die ganze Verbrecherbande in die Hände zu kriegen und vor Gericht zu stellen. Dass die meisten dann mit Gefängnisstrafen davonkamen und bald begnadigt wurden, ist eine andere Geschichte. Jedenfalls habe ich dabei mitbekommen, dass etliche dieser Gangster den Amerikanern ihre Dienste angeboten haben, um selbst straffrei davonzukommen.«

»Das heißt, sie haben verraten, wo sich ihresgleichen versteckt hielten?«

»Genau. Und so, wie ich diesen Leitner einschätze, hätte er dabei herausgeholt, was nur irgendwie möglich war, sprich: eine neue Identität und auch Geld.«

»Was auch erklären könnte, warum er sich ausgerechnet hier niedergelassen hat, in einer Gegend weitab vom Schuss.«

Der Journalist griff nach Mehringers Arm. »Aber jetzt kommen Sie, bevor wir noch mehr auffallen. Und ob sein Geld nun aus der Viehzucht, von einem Banküberfall oder von den Amerikanern stammt, kann uns letzten Endes egal sein.«

Seiffert dirigierte Mehringer dorfauswärts, wo sie am Rand einer Baumgruppe eine verwitterte Holzbank mit Blick auf das Gebirgspanorama entdeckten und sich setzten.

»Ich verstehe nur eines nicht«, sagte Mehringer nach einer Weile bedrückten Schweigens. »Wenn dieser Mann wirklich hinter allen drei Morden steckt, wie hat er erfahren, dass man ihm auf die Schliche gekommen ist? Ich meine, von diesem Briefwechsel zwischen der Herta Moser und ihrer Leidensgenossin? Der war ja wohl der Auslöser.«

»Das genau ist das große Rätsel«, erwiderte Seiffert. »Ganz zu schweigen von der Tatsache, dass der Kerl auch über die Affäre der Moser mit diesem Holzfäller Bescheid wusste.«

»Ich weiß ja, dass unsere Postboten manchmal neugierig sind und Briefe öffnen, wenn sie Geld darin vermuten«, sagte Mehringer nach einer weiteren Pause. »Aber warum sollte einer von denen ausgerechnet Herta Mosers Briefe öffnen und dabei zufällig erfahren, dass die Moser den Leitner wiedererkannt hat?«

»Und anschließend zum Leitner rennen und ihm diese Information verkaufen?«, ergänzte Seiffert.

»Genau.«

»Und wenn dieser Briefwechsel gar nicht der Auslöser war?« Seifferts Tonfall wurde nachdenklich. »Ich möchte der Frau ja nichts unterstellen, aber vielleicht hat sie versucht, den Leitner zu erpressen und wollte sich absichern, indem sie die Schuler über ihr Vorhaben informiert hat.«

Mehringer nickte. »Könnte natürlich auch sein.«

Seiffert stieß einen Seufzer aus. »Andererseits, warum hätte sich die Schuler dann an Grünfeld um Hilfe gewandt?«

»Stimmt. Das ergibt keinen Sinn.«

»Eben.«

»Apropos Frankfurt«, sagte Mehringer. »Da frage ich mich auch, wie dem Leitner das gelungen ist. Erst dieser grässliche Mord, und dann der Anschlag auf diesen Anwalt?«

»Vielleicht hatte er Unterstützung«, sagte Seiffert. »Wer weiß, in welchen Kreisen er sich in den fünf, sechs Jahren, bevor er hier aufgetaucht ist, herumgetrieben hat. Nette Leute waren das bestimmt nicht.«

Seiffert stand auf und tippte Mehringer erneut an die Brust. »So, und jetzt sind Sie an der Reihe, Herr Kommissar: Wie kriegen wir beide diesen Scheißkerl am besten dran?«

23

Mehringer schwirrte der Kopf. Doch sosehr er die Sache auf die Schnelle auch drehte und wendete, er fand keinen Ansatzpunkt für eigene Ermittlungen. Der Mord an Miriam Schuler fiel nicht in seine Zuständigkeit, und im Mordfall Herta und Georg Moser gab es nicht den geringsten Beweis für Leitners Täterschaft. Nur ein Motiv, das Leitners Verteidiger aber mit wahrer Wollust zerpflücken würde, solange Kreuzeder nicht wieder von den Toten auferstand und seine Unschuld beteuerte.

»Erst einmal würde ich sagen: Wenn ihn jemand drankriegen kann, dann nicht wir beide. Jedenfalls nicht persönlich«, sagte er schließlich. »Denn soweit ich die Geschichte bis jetzt überblicke, müsste die Sache von Frankfurt ausgehen. Das heißt, dieser Anwalt Grünfeld müsste zur Polizei gehen und Anzeige erstatten. Die würde dann den Mord an Miriam Schuler noch einmal überprüfen und das Ergebnis der Staatsanwaltschaft übergeben, die anschließend entscheiden müsste, ob eine Untersuchung eingeleitet wird oder nicht. Dass es dann zu einer Anklage kommt, möchte ich allerdings stark bezweifeln.«

»Und wieso?«

»Ganz einfach, weil die Polizei nur Grünfelds Aussage hätte und nichts weiter. Sehen Sie sich doch um: Alle Zeugen sind tot, die Beweise sind verschwunden, und zu allem Übel steht durch den Selbstmord von diesem Holzfäller im Mordfall Moser auch noch ein Täter fest.«

»Heißt das etwa, wir sollten es nicht einmal versuchen?«

»Doch, natürlich. Aber ich habe Jura studiert und mein Vater ist Richter, ich weiß also, wie so ein Verfahren abläuft. Und noch etwas: Erst vor ein paar Monaten gab es in Österreich einen ganz ähnlich gelagerten Fall. Allerdings mit jeder Menge Zeugen und einem eindeutig identifizierten ehemaligen SS-Sturmbannführer als Angeklagten. Und was ist passiert? Die Verteidigung hat mit Billigung des Richters die Zeugen vor Gericht fertiggemacht und der Kerl, der in Litauen Tausende von Juden liquidieren ließ, wurde unter dem Jubel von seiner Familie und Nazi-Freunden freigesprochen.«

»Aber dieser Leitner hat hier und jetzt drei Morde und einen Mordversuch verübt. Das ist doch der springende Punkt.«

»Sicher. Und wenn der Staatsanwalt in Frankfurt auf unserer Seite ist, sehe ich sogar eine reelle Chance, dass zumindest gegen den Mann ermittelt wird und die Leute hier erfahren, was für ein Scheusal da mitten unter ihnen wohnt. Auch wenn er sich, was seine Vergangenheit betrifft, natürlich auf eine Verwechslung berufen und alles abstreiten würde.«

»Tolle Idee. Statt ihn wegen mehrfachen Mordes dranzukriegen, ruinieren wir seinen Ruf. Aber auch das nur vielleicht.«

»Ich kann's nicht ändern.«

»So habe ich mir das nicht vorgestellt«, sagte Seiffert, nachdem er mit gesenktem Kopf und geballten Fäusten ein paar Schritte auf und ab gelaufen war.

»Das glaube ich Ihnen gerne. Aber so ist die Rechtslage.« Mehringer stand nun ebenfalls auf und mühte sich ein aufmunterndes Lächeln ab. »Reden Sie erst einmal mit diesem Rechtsanwalt Grünfeld. Vielleicht hat der eine Idee …«

Seiffert nickte gedankenverloren.

Mehringer blickte zur Kirchturmuhr. Gleich elf. Was nun? So aufgewühlt und entsetzt er auch war, er konnte nicht ewig in Beching bleiben, Leitner hin oder her. Das Leben ging weiter, zumal die Initiative jetzt bei Seiffert lag. Aber irgendwie zweifelte er daran, dass der Mann so ohne Weiteres nach Frankfurt zurückkehren und von dort aus zusammen mit Grünfeld die ersten Schritte einleiten würde.

»Ich muss langsam zurück nach Traunstein«, sagte er. »Und Sie, wann werden Sie sich auf den Weg machen?«

»Wieso? Wollen Sie mich loswerden?«

»In gewisser Weise ja. Ich meine, Sie haben Ihr Ziel erreicht, haben den Mann ausfindig gemacht, was wollen Sie dann noch hier?«

»Wer weiß?« Seiffert breitete die Arme aus und grinste gequält. »Könnte doch sein, dass ich doch noch eine Schwachstelle bei dem Dreckskerl finde.«

»Eine ganz schlechte Idee, finde ich«, sagte Mehringer, nachdem er Seiffert mit einer Kopfbewegung zum Rückweg aufgefordert hatte. »Wie gesagt, ich habe vorhin in der Gastwirtschaft diesen Janek getroffen, der sehr wahrscheinlich auch sein Komplize ist. Ein ganz übler Typ. Und dass Sie nicht zufällig hier in Beching sind, ist ja wohl offensichtlich. An Ihrer Stelle würde ich jedenfalls umgehend meinen Koffer packen, in den VW steigen und aus der Gegend verschwinden.«

»Ich kann sehr gut auf mich aufpassen, keine Sorge.«

Mehringer lächelte missmutig. Zugegeben, Seiffert war ein Schrank von einem Mann, mit breiten Schultern und einem mächtigen Brustkorb. Aber würde ihn das vor einem heimtückischen Kerl wie diesem Leitner schützen?

»Trotzdem wäre es dumm«, sagte er. »Dumm und riskant.«

»Abwarten ...«

Mehringer schüttelte verärgert den Kopf. »Jetzt sagen Sie bloß, Sie wollen ihn durch Ihre Anwesenheit provozieren?«

»Vielleicht. Einer muss ja was unternehmen, finde ich.«

»Und wie wollen Sie das anstellen?« Mehringer hatte allmählich genug von Seifferts Alleingängen. »Sie sind völlig fremd hier. Niemand wird Ihnen vertrauen oder etwas für Sie riskieren. Mag ja sein, dass Sie sich in Frankfurt bestens auskennen, aber hier draußen sind Sie ganz allein auf sich gestellt. Also seien Sie vernünftig und kommen Sie erst mal mit nach Traunstein.«

Beim Anblick des Leitner-Hofes griff Seiffert nach Mehringers Schulter und zwang ihn, stehenzubleiben.

»Na schön, Herr Kommissar. Wenn wir schon so machtlos sind, wie Sie behaupten, dann haben wir auch nichts zu verlieren, oder? Warum gehen wir jetzt nicht einfach zu ihm hin und sagen dem Dreckskerl auf den Kopf zu, was für ein elender Verbrecher er ist. Oder noch besser, wir laden ihn in die Gastwirtschaft ein und konfrontieren ihn dann vor allen Leuten mit seinen Verbrechen.«

»Sind Sie verrückt?«, entfuhr es Mehringer.

»Wieso denn?«

»Weil wir damit nur für Aufsehen sorgen, aber nichts bewirken würden.«

»Angst um Ihren Posten, Herr Kommissar?«

»Überhaupt nicht. Aber Sie sollten Angst haben. Sie wissen doch genau, dass Sie sich damit einen Todfeind einhandeln würden, dass Sie für den Rest Ihres Lebens Angst vor einem Anschlag haben müssten. Denken Sie nur an diesen Anwalt.«

»Alles richtig. Oder auch nicht, schließlich wüsste er dann, dass auch die Polizei Bescheid weiß.«

»Und Sie meinen, das würde Sie in irgendeiner Weise vor ihm schützen?«

Seiffert sagte nichts, starrte nur angestrengt weiter in Richtung Hof.

»Glauben Sie mir, ich wäre sofort dabei, wenn es auch nur ein bisschen was bringen würde«, sagte Mehringer. »Aber das tut es nicht, im Gegenteil. Er könnte sich dann in aller Ruhe auf ein mögliches Verfahren vorbereiten und noch schwerer zu fassen sein.«

»Haben Sie eigentlich Familie, Herr Kommissar?«, fragte Seiffert nach einer Pause unvermutet.

»Ich habe eine Freundin, mit der ich auch zusammenwohne …«

»Na gut, dann lassen wir es eben sein.« Seiffert klopfte Mehringer wieder auf die Schulter. »Aber ein bisschen mehr Courage hätte ich schon von Ihnen erwartet.«

»Tut mir leid, wenn ich Sie enttäuscht habe.«

Seiffert ging stumm weiter.

Hoffentlich bleibt er vernünftig, dachte Mehringer, während er Seiffert folgte. Dabei konnte er dessen Eifer und Wut gut verstehen. Auch wenn Leitner ein Sonderfall war, so waren sie immer noch von alten Nazis umgeben, die weder Reue zeigten noch sich geändert hatten. So wie sein Kollege und Ex-Feldjäger Kraus, der einmal damit geprahlt hatte, dass er und seine Männer bis zum letzten Tag für Ordnung gesorgt hätten. Was nichts anderes bedeutete, als dass sie Deserteure am nächsten Baum aufgehängt oder Leute, die eine weiße Fahne im Fenster hissten, einfach erschossen hatten.

Sie gingen schweigend weiter, jeder hing seinen Gedanken nach.

»Haben Sie das eigentlich schon immer gemacht?«, fragte Mehringer, als sie bei seinem Opel angekommen waren. »Ich meine, als Reporter gearbeitet?«

»Sie meinen, ob ich früher für die Wehrmacht Jubelberichte geschrieben habe und heute als Nazi-Jäger auftrete, um mein Gewissen zu besänftigen?«

Mehringer zuckte mit den Schultern.

Seiffert lächelte bitter. »Ich war mal Kommunist, ist aber schon eine Weile her. Während des Krieges war ich in Mexiko.«

»Wieso in Mexiko?«

»Ich konnte zufällig ein wenig Spanisch und das Land schien mir weit genug von Europa entfernt zu sein ... Wissen Sie eigentlich, dass Mexiko der einzige Staat war, der vor dem Völkerbund gegen den sogenannten Anschluss Österreichs an Nazideutschland protestiert hat?«

»Nein.«

»War aber so. Sehr sympathische Leute dort.«

»Und was haben Sie da gemacht?«

»Nicht viel. Überlebt.«

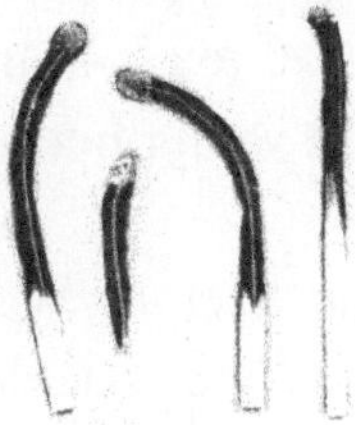

24

»Da vorne ist es schon«, sagte Marlene und deutete auf ein wuchtiges Gebäude unterhalb des Platzes, den sie gerade hinabschlenderten. »Irgendein Schriftsteller hat mal gesagt: Die Salzburger Festspiele sind der Umweg – das Bazar ist der Zweck.«

»Und wieso Bazar?«

»Weil sich in dem Haus zuvor viele kleine Läden befunden hatten.«

»Verstehe.«

»Aber vorher gehen wir natürlich hinüber in die Altstadt, einverstanden? Du möchtest doch sicher auch Mozarts Geburtshaus und den Dom sehen.«

»Unbedingt.«

War doch eine gute Idee mit dem Ausflug, dachte Seiffert, während sie die Brücke über die Salzach überquerten und Marlene ihn auf das Wahrzeichen der Stadt, die Festung Hohensalzburg, aufmerksam machte. Dass die Frau sofort zugesagt hatte, ihn zu begleiten, machte ihn sogar ein wenig stolz. Schließlich hatten sie in den paar Tagen seit seiner Ankunft in Beching keinen Kontakt mehr gehabt, von einem zufälligen Zusammentreffen in der Bäckerei einmal abgesehen.

Auf der anderen Seite angekommen, schlenderten sie durch die engen Gassen, in denen sich Juweliergeschäfte, Galerien, Antiquitätenhändler, Herrenausstatter und Geschäfte für Damenmode reihten. Alles sehr exklusiv und teuer. Ganz im Gegensatz zu Mozarts Geburtshaus, das ein wenig heruntergekommen wirkte.

»Gut, dass Sonntag ist«, sagte Marlene nach einer Weile. »Sonst käme ich glatt auf die Idee, eines dieser Kleider anzuprobieren.«

»Du siehst auch so bezaubernd aus, wenn ich das mal sagen darf.«

»So? Und ich dachte schon, du hättest mich nur wegen meiner Ortskenntnisse mitgenommen.«

»Das natürlich auch.«

Sie lachten beide und wie beiläufig hakte sich Marlene bei ihm unter. Die Berührung mit ihrer glatten, kühlen Haut löste bei Seiffert eine Empfindung aus, die er so nicht erwartet hatte. Ein Wohlgefühl, verknüpft mit einem Verlangen nach mehr. Nach Nähe, Verständnis, Zuneigung. Sie erreichten einen großen, freien Platz, an dessen Rand ein weißhaariger alter Mann stand und Geige spielte. Sie blieben stehen und hörten zu.

»Hat das Stück, das er da spielt, auch einen Namen?«, fragte Seiffert. »Du bist doch Expertin.«

»Türkischer Marsch. Von Mozart.«

»Hört sich gut an. Richtig kämpferisch.«

Sie gingen weiter und gelangten durch eine Passage auf den Platz vor dem Dom, der von einer Mariensäule dominiert wurde. Marlene wies in die Runde und sagte: »Und hier wird jedes Jahr der weltberühmte *Jedermann* aufgeführt.«

»Davon habe ich schon gehört. Was ist so besonders an diesem Theaterstück?«

»Glaubst du an Gott?«

»Eher nicht.«

»An die Hölle?«

»Nur wenn ich Zahnschmerzen habe.«

»Egal. Es geht um einen reichen Mann, der sterben muss und nun Angst hat, wegen seines ausschweifenden Lebenswandels nicht in den Himmel zu kommen.«

»Dann soll er seine Sünden halt bereuen.« Seiffert machte eine wegwerfende Handbewegung. »Das ist doch der geniale Trick bei der christlichen Lehre: Du kannst die schlimmsten Sachen machen, aber wenn du sie rechtzeitig bereust, bist du fein raus und die Hölle kann dir gestohlen bleiben. Nicht gerade meine Vorstellung von Gerechtigkeit.«

»Wäre dir Auge um Auge, Zahn um Zahn lieber?«

Seiffert grinste. »Wäre jedenfalls ein guter Anfang. Aber lassen wir das. Erzähl mir lieber, wieso du immer noch in diesem Kaff lebst. Und das auch noch …« Er stockte verlegen.

»Alleinstehend, wolltest du sagen?«

»So ungefähr.«

»Na ja, bis vor gut einem Jahr hatte ich einen Freund, einen Kollegen in Traunstein, etwa in meinem Alter. Bis er auf die Idee kam, eine Familie gründen zu wollen. Und damit war ich draußen.«

»Das tut mir leid.«

»Halb so schlimm. Das Dumme ist nur, dass mein jetziger Chef die Situation gerne ausnutzen würde, wenn seine Frau mal wieder im Krankenhaus ist. Und wenn nicht der, dann der Herbert, der größte Bauer im Dorf, der gerne mal ums Haus schleicht und seine Hilfe anbietet.«

»Du meinst, diesen Viehhändler mit dem Mercedes?«

»Genau den.«

»Über den hat mir der Wirt von der Alpenrose schon einiges erzählt. Hat sich da eigentlich nie jemand gewundert, dass sich der Mann ausgerechnet hier angesiedelt hat und keiner weiß, was er vorher gemacht hat?«

»Schon, aber da war nichts aus ihm rauszukriegen. Zu mir hat er nur mal gesagt, dass er genug in der Welt herumgekommen wäre, um sich jetzt in einem Bergdorf wie Beching wohlzufühlen.«

»Ganz schön vage, nicht?«

»Schon möglich.« Marlene griff nach Seifferts Hand. »Aber jetzt genug vom Dorfklatsch und meiner Zukunft als alte Jungfer. Gehen wir endlich Kaffee trinken.«

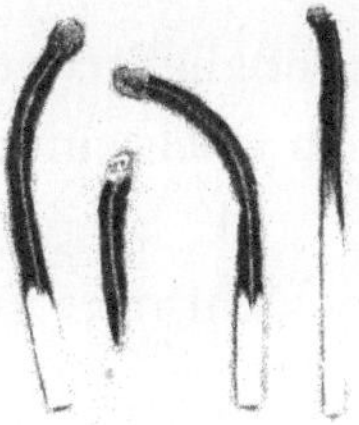

25

Mehringer schwante Übles, als er den Pfarrer neben der Bäckersfrau aus dem Haus treten sah. Stand es bereits so schlecht um Kreuzeders Mutter? Oder kam er gar zu spät? Er ging rasch auf die beiden zu und sagte zu der Frau: »Guten Morgen, Frau Meixner. Ich hoffe, Sie haben keine allzu schlechten Nachrichten für mich.«

»Grüß Gott, Herr Kommissar.« Die Frau streckte Mehringer die Hand entgegen. »Freut mich wirklich, dass Sie extra hergekommen sind.«

»Mache ich doch gerne. Und, wie geht es Frau Kreuzeder heute? Gestern am Telefon haben Sie ja sehr besorgt geklungen.«

»Oh mei ...« Frau Meixner zupfte an ihrer Kittelschürze und verzog mitfühlend das Gesicht. »Sie müsste halt dringend ins Krankenhaus, so schwach, wie sie ist. Aber das möchte sie partout nicht.«

»Und der Arzt, war der heute schon da?«

»Nein, leider ...«

»Dass die Polizei jetzt auch Krankenbesuche macht, ist mir neu«, wandte sich der Pfarrer an Mehringer. »Noch dazu bei einer Person, deren Sohn eine solche Schuld auf sich geladen hat.«

»Und was machen Sie dann hier?« Den Zusatz »Hochwürden« verkniff er sich.

Der Pfarrer, ein hagerer Mann um die sechzig mit vorstehenden Zähnen und farblosem Gesicht, streckte sich und sagte mit gewichtiger Miene: »Nun, da die Frau möglicherweise bald vor ihrem Richter stehen wird, wollte ich noch einmal auf sie einwirken und ...«

»Vor ihrem Richter steht!«, unterbrach ihn Mehringer ungehalten. »Was hat sie denn verbrochen?«

Der Pfarrer blickte Mehringer irritiert an. »Wie bitte?«

Mehringer überlegte kurz, wie er den Pfarrer zurechtweisen könnte, ließ es dann aber sein und machte stattdessen eine Kopfbewegung zur Haustür. »Ich würde gerne mit ihr sprechen«, sagte er zu Frau Meixner. »Meinen Sie, das geht?«

»Ich glaube schon.«

Die Frau ging voran und führte Mehringer über eine enge Treppe in den ersten Stock des Gebäudes, wo Kreuzeders Mutter am Ende des Gangs in einer kleinen, stickigen Kammer untergebracht war. Die alte Frau, Mehringer hatte sie bei seinem ersten Besuch auf etwa siebzig Jahre geschätzt, lag reglos und mit geschlossenen Augen im Bett. Ihr Atem ging sehr flach, in ihrem Mundwinkel hatte sich Speichel gebildet.

Frau Meixner trat ans Bett und berührte sanft ihre Schulter. »Hörst mich, Agnes? Du hast Besuch ...«

Es dauerte einige Sekunden, bis die Frau die Augen öffnete und den Kopf ein wenig zur Bäckersfrau drehte. Mehringer beugte sich vor und sagte: »Grüß Sie, Frau Kreuzeder. Mein Name ist Mehringer von der Kriminalpolizei. Ich war vor einer Woche schon einmal hier ...«

Der Blick der Frau verriet, dass sie ihn erkannt hatte.

»Der Gendarm ...«, murmelte sie kaum hörbar.

»Ja, richtig. Nur dass ich bei der Kriminalpolizei bin und keine Uniform trage.«

Mehringer griff nach dem einzigen Stuhl im Zimmer und setzte sich ans Bett.

»Wie geht es Ihnen heute?«, fragte er.

»Dann lasse ich Sie jetzt allein«, sagte Frau Meixner hinter Mehringers Schulter. »Wenn was ist: Ich bin unten. Möchten Sie nachher vielleicht eine Tasse Kaffee?«

»Ja, danke, das wäre sehr freundlich«, erwiderte Mehringer erleichtert, der schon die ganze Zeit überlegt hatte, wie er die Bäckersfrau loswerden könnte, ohne unhöflich zu sein.

»Möchten Sie etwas trinken?« Mehringer nahm den Krug mit Wasser und das leere Glas vom Nachttisch und hielt beides in die Höhe.

Die Frau hob als Zeichen der Zustimmung leicht den Kopf an. Mehringer hielt ihr das halb gefüllte Glas an die Lippen und half ihr beim Trinken. Er fühlte sich ein wenig schuldig, weil er die Frau nach Kreuzeders Flucht zwar verhört, sich anschließend aber nicht weiter um sie gekümmert hatte. Und dann, noch schlimmer, es der Landpolizei überlassen hatte, sie über den Tod ihres Sohnes zu informieren. Nur gut, dass die Bäckersleute, bei denen sie seit vielen Jahren im Haushalt und Verkauf mithalf, weiter zu ihr standen und nach ihrem Kreislaufzusammenbruch auch für sie sorgten.

»Ich weiß zwar nicht, was genau Ihnen meine Kollegen erzählt haben«, sagte er schließlich mit gepresster Stimme, »aber ich weiß inzwischen, dass Ihr Sohn sich nicht umgebracht hat, weil er schuldig war, sondern weil er Angst davor hatte, unschuldig ins Gefängnis zu müssen.«

»Unschuldig?«, hauchte sie.

Mehringer nickte. »Ja.«

Dass ihn diese Aussage in Schwierigkeiten bringen würde, sollte die Frau den Bäckersleuten davon erzählen, war Mehringer klar. Und zugleich absolut gleichgültig. Die Frau hatte ein Anrecht darauf, die Wahrheit zu erfahren, selbst wenn ihm Haberlander oder der Staatsanwalt dafür die Hölle heiß machen würden.

»Unschuldig?«, wiederholte die Frau, nun etwas kräftiger.

»Ja.«

»Aber warum …?«

Mehringer breitete hilflos die Arme aus und sagte: »Das ist eine lange Geschichte, die mit Ihrem Sohn eigentlich gar nichts zu tun hat. Aber wenn es Ihnen wieder besser geht, werden wir über alles reden. Aber ich sage es Ihnen noch einmal: Ihr Sohn war kein Verbrecher, er hat niemanden umgebracht. Er hatte nur Angst vor dem Gefängnis.«

Eine Weile herrschte Schweigen.

»So a dummer Bua«, sagte die Frau schließlich mit Tränen in den Augen. »So a dummer Bua …«

»Ja«, sagte Mehringer. »Und ich wünschte, ich könnte es ungeschehen machen. Aber Sie, Sie halten jetzt durch und kommen wieder auf die Beine, verstanden?«

Nach diesen Worten drückte er nochmals ihre Hand und verließ das Zimmer.

26

»Aber er hatte sich doch schon einigermaßen erholt«, sagte Seiffert tonlos.

»Ja, das stimmt«, erwiderte Grünfelds Sekretärin. »Wir waren auch alle überrascht.«

»Hatte er in Frankfurt noch Angehörige?«

»Nein. Es war der Einzige aus seiner Familie, der überlebt hat.«

»Hm, kann ich irgendetwas tun? Ich meine, ich bin zwar immer noch im tiefsten Bayern unterwegs ...«

»Nein, lassen Sie nur. Sind Sie denn inzwischen vorangekommen?«

»Ja und nein. Wie Sie wissen, habe ich den Mann zwar aufgetrieben, aber jetzt ... Ohne Herrn Grünfeld als Zeugen dürfte die Sache ziemlich aussichtslos sein.«

Seiffert glaubte, ein Schluchzen zu vernehmen.

»Geht es Ihnen gut?«, fragte er und ärgerte sich sogleich über die Floskel. Wie sollte es einer Frau gut gehen, deren langjähriger Chef gerade den Folgen eines Mordanschlags erlegen war. Noch dazu, da nun ersichtlich wurde, dass der Täter ungeschoren davonkommen würde.

»Ja, danke. Es ist nur so ... Ich meine, ich hätte nie gedacht, dass diese fürchterliche Vergangenheit einfach kein Ende nehmen will. Hat sich denn so wenig geändert?«

»Jedenfalls nicht genug«, sagte Seiffert.

»Und, was haben Sie jetzt vor?«, fragte die Sekretärin wieder mit festerer Stimme. »Bleiben Sie trotzdem noch dort?«

»Kann ich schlecht sagen. Wie lange wird es denn dauern, bis Sie alles abgewickelt haben?«

»Bestimmt ein paar Wochen.«

Im Flur wurde es kurz laut, als die Frau des Gastwirts aus der Küche trat und vor der Hintertür einen Kübel mit Abfällen abstellte. Seiffert ignorierte ihren neugierigen Blick und sagte: »Gut. Ich melde mich in den nächsten Tagen dann wieder. Und falls Sie doch Hilfe brauchen, haben Sie ja diese Telefonnummer hier in der Gastwirtschaft, wo ich untergekommen bin.«

»Ja, danke. Herr Grünfeld hat übrigens ...« Die Frau verstummte erneut.

»Bitte was?«, fragte Seiffert besorgt.

»Er hat sehr viel von Ihnen gehalten.«

»Danke.«

Seiffert hängte den Hörer ein und stand wie betäubt da.

Grünfeld war tot!

Noch einer, den Leitner auf dem Gewissen hatte.

Nun konnten sie wirklich alles vergessen. Aus und vorbei.

Er nahm den Hörer wieder ab, wählte die Nummer der Polizei in Traunstein und bat, mit Kommissar Mehringer verbunden zu werden.

»Na endlich. Ich hab schon befürchtet, Ihnen wäre etwas zugestoßen«, sagte Mehringer ungehalten.

»Das nicht gerade. Eher das Gegenteil ...«

»So?«

»Ist eine längere Geschichte. Aber ich habe leider soeben erfahren, dass unser Freund Grünfeld letzte Nacht gestorben ist. Ein Schlaganfall.«

Kurzes Schweigen in der Leitung. Dann: »Keine Fremdeinwirkung?«

»Sieht nicht so aus, sagt seine Sekretärin.«

»Dieser Kerl hat wirklich den Teufel auf seiner Seite.«

»Wenn ich gläubig wäre, würde ich sagen, er ist der Teufel selbst.«

»Und wie geht's nun weiter?«

»Wenn ich das wüsste. Aber ich bleibe auf jeden Fall noch hier.«

»Sie wissen, was ich davon halte.«

»Ja, sicher. Aber ...« Seiffert überlegte kurz, ob er dem Kommissar von seinem Interesse an Marlene erzählen sollte. Doch irgendwie kam ihm seine Hoffnung, er möge der Frau gefallen, plötzlich schäbig und deplatziert vor. Immerhin war er hierhergekommen, um diese Bestie von Leitner aus dem Verkehr zu ziehen. Und was war passiert? Er hatte sich stattdessen verliebt.

»Ich komme morgen oder übermorgen nach Traunstein«, sagte er schließlich. »Dann können wir alles in Ruhe bereden. Einverstanden?«

»Ja, sicher.«

Seiffert ging in den Gastraum, bezahlte beim Wirt die Telefongebühren und verließ das Gasthaus. Was jetzt? Mit Grünfelds Tod hatte sich alles erledigt. Und damit auch sein Aufenthalt in Beching. Blieb Marlene. Der gestrige Kinobesuch mit ihr hatte Spaß gemacht, und dass die Frau ihn für heute Nachmittag zu Kaffee und Kuchen eingeladen hatte, hieß doch, dass auch sie an ihm interessiert war. Es sei denn, sie langweilte sich lediglich so alleine und suchte deswegen seine Gesellschaft. Was er aber nicht glaubte.

Könnte es eine Zukunft für sie geben? Recht viel länger hierbleiben konnte er nicht, jedenfalls nicht unter diesen Umständen. Er hatte jetzt schon ständig Magenschmerzen angesichts der Tatsache, dass dieser Verbrecher nur ein paar Häuser entfernt wohnte und den ehrenwerten Landwirt spielte.

Blieb die Möglichkeit, dass die Frau hier alles aufgab und mit ihm nach Frankfurt kam. Er hatte aus einer Erbschaft ein paar Rücklagen, die ihnen den Start erleichtern würden, aber dann? Würde sie sich in einer Großstadt überhaupt wohlfühlen? Und würden sie beide klarkommen, im Alltag als auch beruflich? Er war immerhin schon 56 und hatte immer allein gelebt, frei und niemandem verpflichtet. Nein, am klügsten wäre es, er machte sich umgehend aus dem Staub und ließ alles hinter sich.

Wieso er dennoch den Weg zum Schulhaus einschlug, konnte er sich auch nicht erklären. Marlene öffnete ihm und spürte offensichtlich sofort die Veränderung. »Was ist passiert?«, fragte sie.

Seiffert zuckte hilflos mit den Schultern und sagte: »Ich habe gerade erfahren, dass ein guter Freund, der allerdings schon länger krank war, verstorben ist.«

»Das tut mir leid ...«

Die Frau nahm ihn am Arm und führte ihn ins Wohnzimmer.

»Möchtest du etwas trinken? Ich habe aber nur einen Likör hier.«

»Egal.«

Seiffert setzte sich auf die Couch und nahm sich eine von Marlenes Zigaretten vom Tisch. Eigentlich sehr schade, dachte er. So wie die Frau aussah und sich gab, hätten sie ein richtig schönes Paar werden können. Während er sich die Zigarette anzündete, fiel sein Blick auf die offenstehende Tür ins Schlafzimmer, auf das ungemachte Bett dahinter. Er schüttelte resigniert den Kopf. Alles vorbei, bevor es überhaupt angefangen hatte.

»Wenn du mit mir schlafen willst, musst du es nur sagen«, sagte Marlene, die mit einer Flasche Kirschlikör und zwei Gläsern vor ihm stand.

Seiffert war so verblüfft, dass er fast die Zigarette fallen ließ.

»Äh ... am helllichten Tag?«, stammelte er.

Marlene lachte.

Seiffert stimmte zögernd ein. Er drückte die Zigarette im Aschenbecher aus und stand etwas ungelenk auf. Marlene stellte Flasche und Gläser auf dem Tisch ab, und eine Sekunde später standen sie eng aneinander gepresst da und küssten sich. Wild und begierig. Marlene ging voran und zog erst die Vorhänge zu, bevor sie ihre Bluse fallen ließ und den Büstenhalter abnahm. Seiffert sah ihr fasziniert zu.

»Willst du so bleiben?«, fragte Marlene, während sie den Rock abstreifte.

»Äh, nein ...« Seiffert beeilte sich und fand sich eine halbe Stunde später in genau der Situation wieder, die er eigentlich hatte vermeiden wollen. Redlich erschöpft und zufrieden mit sich, fühlte er sich rundum wohl und war überzeugt davon, dass Marlene es wert sei, seine Pläne nach ihr auszurichten.

»Du warst ganz schön überrascht von meinem Angebot«, sagte Marlene, während sie sich an seine Schulter kuschelte.

»Ein bisschen schon.«

»Ich weiß auch nicht, was da plötzlich über mich gekommen ist. Aber irgendwie hatte ich das Gefühl, wenn ich jetzt nicht die Initiative ergreife, sehe ich dich vielleicht nie wieder.«

»Tatsächlich? Dann bist du nicht nur eine attraktive, sondern auch eine gefährliche Frau ...«

»Wieso das denn?«

»Weil ich eigentlich vorhatte, noch heute abzureisen.«

Echte Enttäuschung spiegelte sich in ihren Augen.

»Ich fürchte, das Landleben ist doch nichts für mich«, sagte Seiffert. »Viel zu ruhig.« Er lächelte und küsste sie. »Was sich allerdings gerade geändert hat.«

»Dann bleibst du noch?«

»Ja, sicher. Aber vielleicht nicht hier im Dorf.«

»Sondern?«

»Müssen wir das jetzt besprechen?«

»Nicht unbedingt. Wir können Besseres tun«, grinste sie und zog ihn an sich.

Seiffert überstand auch die zweite Runde, auch wenn er langsam außer Atem kam und sich bemerkbar machte, dass sein Sexualleben in den letzten Jahren auf den Hund gekommen war, dass ihm außer faulen, geldgierigen Huren keine Frau nahegekommen war.

Du bist echt ein Idiot, dachte er, während er sich in dem winzigen Badezimmer im Spiegel betrachtete. Hängst dich an eine Frau, die vermutlich mehr von dir erwartet, als du geben kannst. Und das in einer Situation, die einen klaren Kopf und Wachsamkeit verlangt.

Zurück im Schlafzimmer, zog er sich an und ging zu Marlene ins Wohnzimmer, wo es nach frischem Kaffee roch. Er setzte sich wieder auf die Couch und sah nachdenklich zu, wie die Frau die Kaffeekanne und den Teller mit dem Marmorkuchen auf dem Tisch abstellte.

»Milch und Zucker?«, fragte sie.

»Danke, nein.«

Marlene rutschte neben ihn auf die Couch und schenkte ihnen ein. Dann ergriff sie seine Hand, küsste sie und fragte: »Sag mal, wärst du sehr traurig, wenn ich am Samstag nach München fahre, um eine alte Freundin zu besuchen?«

»Kommt darauf an, würde ich sagen. Ist sie krank?«

»Das nicht gerade. Aber sie hatte vor einigen Wochen einen schweren Fahrradunfall und ich habe ihr fest versprochen, dass ich sie dieses Wochenende besuchen komme.«

»Liegt sie im Krankenhaus?«

»Jetzt nicht mehr. Deswegen braucht sie mich ja auch.«

»Wenn das so ist, mach nur.« Seiffert nahm ihren Kopf in beide Hände und küsste sie auf den Mund. »Hauptsache, du kommst wieder.«

»Ich würde dich ja gerne fragen, ob du mitkommst, aber sie hat nur ein kleines Apartment.«

»Kein Problem. Abgesehen davon kann mir München ohnehin gestohlen bleiben.«

»Wieso das denn?«

»Ich hatte im März '26 einen Boxkampf dort. Nach meinem Sieg hat mich ein SA-Trupp überfallen und mir gedroht, dass sie mich umbringen, sollte ich nochmals in die Stadt kommen.«

»Das ist dreißig Jahre her!«

»Für mich nicht lange genug. Aber ich bringe dich natürlich nach Traunstein zum Bahnhof und werde das Wochenende dann für eine kleine Wanderung nutzen.«

»Aber verlauf dich nicht dabei.«

27

Diese eine Hügelkuppe noch, dann würde es, falls ihn sein Orientierungssinn nicht getäuscht hatte, nur noch abwärts gehen. Seiffert atmete erleichtert auf. Die bislang rund vierstündige Wanderung hatte ihn doch mehr angestrengt, als er gedacht hatte. Höchste Zeit, dass er endlich ein paar Kilo abspeckte, schon Marlene zuliebe.

Marlene!

Er konnte es noch immer nicht fassen.

Eine Romanze wie aus einem schlechten Heimatfilm.

Nur dass er kein Graf oder Fabrikbesitzer war, sondern ein mäßig bezahlter Journalist, der vor der Niederlage seines Lebens stand, geplagt von Schuld- und Ohnmachtsgefühlen. Aber was sollte er machen? Keine Chance, hatte ihm gestern dieser Kommissar aus Traunstein mitgeteilt, keine Chance, nach Grünfelds Tod noch irgendetwas gegen den Kerl in die Wege zu leiten.

Sicher, er könnte einen Artikel schreiben und die offizielle Version all der tragischen Ereignisse in Frage stellen, zumal von diesem Kreuzeder kein Geständnis vorlag, der Fall genaugenommen also noch immer ungelöst war. Und dann?

Seiffert erklomm die letzten paar Meter der Anhöhe und blickte von einer Lichtung aus in den Talkessel hinab. Da lag es vor ihm, dieses ach so reizende Beching. Ein Anblick wie aus dem Bilderbuch. Die reinste Idylle. Und mittendrin der größte Lump, dem er jemals begegnet war. Die Verkörperung all dessen, was die Nazis ausgemacht hatte: aus reinem Hass und Irrsinn andere Menschen zu verfolgen und zu ermorden.

Er stieß einen Seufzer aus und folgte dann weiter einem ausgetrockneten Bachbett talwärts, bis er rechts von sich eine Bewegung zwischen den Bäumen wahrnahm. Ein Tier? Er blickte genauer hin und erkannte schließlich eine grünlich gekleidete Gestalt mit Hut, die ihm zuwinkte und mit weit ausholenden Schritten rasch näherkam.

Leitner!

Mit umgehängter Flinte.

Seiffert erstarrte.

Sein erster Impuls war, den Mann zu ignorieren und einfach weiterzugehen. Er hatte Leitner ein-, zweimal im Dorf gesehen, aber bislang kein Wort mit ihm gewechselt. Und dabei sollte es auch bleiben, vor allem jetzt, nachdem keine Hoffnung mehr bestand, ihn für seine Schandtaten zu belangen. Zugleich widerstrebte es ihm, wie ein kleiner Junge, der sich erschreckt hatte, davonzulaufen. Was hatte er schon zu befürchten? Dass der Kerl von seiner Flinte oder einem Jagdmesser Gebrauch machte, konnte er sich nicht vorstellen.

Also blieb er stehen, straffte sich und blickte Leitner mit bemüht neutralem Gesichtsausdruck entgegen.

»Das ist ja eine Überraschung«, sagte Leitner und streckte Seiffert die Hand entgegen. »Aber schön, dass wir uns mal treffen.«

Seiffert zögerte kurz. Händeschütteln, mit diesem Verbrecher! Andererseits, wenn er sich höflich gab, konnte er dem Mann vielleicht ein paar Informationen entlocken.

»Freut mich auch«, murmelte er.

Die Hand fühlte sich rau und trocken an, und Seiffert wurde fast übel bei dem Gedanken, wozu diese Hand schon gedient hatte.

»Ich hab ja schon viele Menschen kennengelernt«, sagte Leitner, während er das Fernglas, das vor seiner Brust baumelte, zurechtrückte. »Aber ein richtiger Schriftsteller war bisher nicht darunter.«

Wie auch, dachte Seiffert, die meisten habt ihr ja umgebracht oder vertrieben.

»Ich frage mich nur, wie Sie ausgerechnet auf Beching gekommen sind, um hier an Ihrem Roman zu arbeiten?«

Seiffert zögerte kurz. So naiv, dass er Seifferts Auftauchen nicht in Verbindung mit dem Mord an Miriam Schuler brachte, konnte der Mann nicht sein. Nie im Leben. Was also bezweckte er mit dieser Scharade? Wollte er sich über ihn lustig machen? Oder schlimmer: ihn in Sicherheit wiegen, bis ...?

»Reiner Zufall, würde ich sagen«, erwiderte Seiffert.

»Ja, so was soll vorkommen. Und, wie gefällt es Ihnen hier?«

»Bis jetzt recht gut.«

»Das glaube ich.« Leitner kniff die Augen zusammen und drohte Seiffert unvermutet mit dem Zeigefinger. »Trotzdem würde ich an Ihrer Stelle etwas vorsichtiger sein.«

»Vorsichtig? Wieso das denn?«

»Na ja, so wie es aussieht, haben Sie innerhalb weniger Tage das erreicht, worum sich so manche Männer hier im Dorf und in der Umgebung seit Jahren vergeblich bemüht haben.«

»Sie meinen Marlene Hofbauer?«

Leitner nickte. »Genau die.«

»Wir haben uns ein wenig angefreundet, mehr nicht«, log Seiffert.

Leitner machte eine wegwerfende Handbewegung. »Ist ja auch Ihre Sache. Ich wollte Sie nur gewarnt haben.«

»Gewarnt? Vor was denn?«

»Na ja, könnte ja sein, dass der eine oder andere dieser Burschen sauer ist, wenn er Wind davon bekommt. Sie wissen doch, wir auf dem Land hier bleiben gern unter uns. Würde mich also nicht wundern, wenn Sie eines Morgens feststellen, dass man die Reifen ihres VWs durchstochen hat. Oder die Scheiben eingeschlagen und die Sitze mit Tierblut übergossen hat. Den Menschen ist ja alles Mögliche zuzutrauen.«

»Heißt das, Sie raten mir, den Kontakt mit der Frau abzubrechen?«

»Überhaupt nicht. Sie sollen sich hier ja wohlfühlen. Aber wenn Sie möchten, können Sie den Wagen in einem meiner Schuppen unterstellen.«

Damit du in aller Ruhe die Bremsen manipulieren kannst, dachte Seiffert grimmig.

»Unter diesen Umständen vielleicht keine schlechte Idee«, sagte er.

»Das meine ich auch. Wissen Sie eigentlich schon, wie lange Sie noch bleiben werden?«

Seiffert entspannte sich ein wenig. Was immer Leitner im Schilde führen mochte, so schien zumindest im Augenblick keine Gefahr zu bestehen. Nicht hier und jetzt.

»Kann ich schlecht sagen«, erwiderte er. »Je nachdem, wie ich mit meiner Arbeit vorankomme.«

»Spielt ja auch keine Rolle.« Leitner deutete auf eine Stelle oberhalb vom Bachbett. »Bin gerade auf dem Weg zu meiner Jagdhütte, um nach dem Rechten zu sehen. Kommen Sie doch mit, ist nur ein kleiner Umweg. Dafür begleite ich Sie nachher ins Dorf und wir genehmigen uns in der Alpenrose ein schönes, kühles Bier.«

»Nach dem Rechten sehen?«, wiederholte Seiffert verständnislos.

»Genau. Heute ist doch Samstag, und da könnte es sein, dass ein paar Jugendliche aus dem Dorf wieder mal auf die Idee gekommen sind, dort eine Sause vorzubereiten.«

»Lieber nicht«, erwiderte Seiffert. »Offen gesagt, bin ich ziemlich erledigt.«

»Dauert nur ein paar Minuten. Wenn ich sehe, dass sich dort keiner herumtreibt, sind wir schon wieder unterwegs.«

Seiffert zögerte erneut. Sein Instinkt sagte ihm zwar: Halt dich fern von dem Mann, aber war er nicht nach Beching gekommen, um Leitner auszuforschen?

»Na schön«, sagte er. »Warum nicht.«

Sie gingen los, überquerten eine Bergwiese mit einem Hochsitz am Rand und stiegen kurz darauf in eine kleine Schlucht hinab, an deren Ende eine Holzhütte mit Veranda stand.

Seiffert blieb am Fuß des Abhangs stehen, fest entschlossen, die Hütte nicht zu betreten, und blickte Leitner fragend an: »Und, sehen Sie was Verdächtiges?«

»Bis jetzt nicht. Aber bleiben Sie ruhig hier. Bin gleich wieder da.« Leitner marschierte los.

Seiffert ließ ihn nicht aus den Augen. Als er ein Rascheln hinter sich vernahm, wollte er noch den Kopf drehen, erhielt aber im selben Moment einen fürchterlichen Schlag ins Genick, der ihn umkippen ließ. Schon halb betäubt und so gut wie lahm, riss er mit letzter Kraft die Augen auf und erkannte noch Leitners Helfer Janek, der mit einem Knüppel in der Hand auf ihn herabblickte, bevor ihm schwarz vor Augen wurde.

28

In den ersten paar Sekunden war es nur der Schmerz, der ihm zu schaffen machte. Das mörderische Klopfen und Pochen, das vom Hinterkopf bis hinab zur Lendenwirbelsäule wütete und alles ausblendete, was um ihn herum vorging. Erst dann bemerkte er, schwitzend und nach Atem ringend, dass er nur den Kopf bewegen konnte. Dass er auf einem Stuhl festgebunden war, die Hände am Rücken gefesselt und auch die Beine verschnürt. Er blinzelte, um den roten Schleier vor seinen Augen zu durchdringen, registrierte eine Hand, die ihm mit einem Tuchfetzen über die schweißfeuchte Stirn wischte.

Als die Hand zurückgezogen wurde, tauchte dahinter verschwommen Leitners Gesicht auf. Mit glänzenden Augen, den Mund zu einem Grinsen verzogen.

»Na, sind wir wieder auf dem Damm?«, fragte er spöttisch.

Seiffert fiel keine Antwort ein. Er knirschte nur mit den Zähnen und wünschte sich, er hätte dieses verdammte Dorf nie betreten.

»Dabei kannst du noch von Glück reden«, sagte Leitner weiter. »Wenn der gute Janek mal zuschlägt, ist für die meisten Feierabend. Hab ich mehr als einmal erlebt.«

Seiffert zerrte an den Stricken, die seine Beine und seinen Oberkörper fest mit dem Stuhl verbanden. Brachte dabei den Stuhl fast zum Kippen.

»Nur mit der Ruhe«, sagte Leitner, der nun eine Pistole auf ihn gerichtet hielt. »Entweder du hältst still oder ich schieß dir ins Gesicht, was ich äußerst ungern machen würde.«

Seiffert hielt inne, noch immer sprachlos angesichts der Umstände. Wie zum Teufel hatte er nur in diese Situation geraten können?

Die Antwort kam postwendend: »Wie leicht wir Menschen doch zu täuschen sind!«, sagte Leitner und lächelte falsch. »Ein paar freundliche Worte, eine harmlos klingende Erklärung, und schon lassen wir alle Vorsicht außer Acht.«

»Was wollen Sie von mir?«, keuchte Seiffert. »Warum machen Sie das?«

»Warum? Liegt das nicht auf der Hand? Oder was macht man sonst mit Schnüfflern, die ihre Nase in die Angelegenheiten fremder Leute stecken?«

Seiffert stöhnte und wand sich vor Schmerzen. Sein Blick irrte durch den Raum. Das Innere einer Holzhütte, spärlich beleuchtet von einer Lampe über dem Tisch. An den Wänden Jagdtrophäen. Karierte Vorhänge am einzigen Fenster. In einer Ecke lehnte ein Rucksack. Er sammelte seine Kräfte, unentschieden, ob er betteln oder drohen sollte. Lächerlich kam ihm beides vor. Seine Uhr war abgelaufen, K. o. in der letzten Runde. Ein Gefühl unendlicher Einsamkeit überkam ihn. Er würde Marlene nie wiedersehen, würde nie wieder in einem Café sitzen und Zeitung lesen, würde nie wieder ...

»Ich weiß nicht«, erwiderte er schließlich mühevoll, »was Sie mit diesem Überfall bezwecken, aber wenn Sie glauben, dass Sie damit durchkommen, haben Sie sich getäuscht. Eine Menge Leute wissen Bescheid über Sie, und wenn Sie mich umbringen, sind Sie auch dran, das verspreche ich Ihnen.«

»Tapfer, tapfer«, höhnte Leitner. »Genau wie die Schlampe vom Moser-Hof, die auch gemeint hat, sie könnte mich beschimpfen und mir drohen. Bis sie gemerkt hat, was auf sie zukommt.«

»Sie sind das größte Schwein, das mir jemals über den Weg gelaufen ist.«

»Immerhin. Ich nehm's als Kompliment.« Leitner erhob sich von seinem Stuhl, griff nach dem Rucksack und holte eine halbvolle Flasche mit Schnaps heraus. Er nahm einen kräftigen Schluck und spuckte Seiffert ins Gesicht. »Was hast du dir eigentlich dabei gedacht, hier so rotzfrech aufzukreuzen und dich als Schriftsteller auszugeben, der in Ruhe arbeiten möchte? Hast du wirklich geglaubt, ich komm nicht sofort dahinter, wer du bist und was du eigentlich vorhast? Und dann noch die Geschichte mit der Lene. Allein dafür sollte ich dir sämtliche Knochen brechen.«

Seiffert sagte nichts.

»Ist sie eigentlich so gut im Bett, wie alle glauben? Mir geht sie ja aus dem Weg, aber kaum kommt so ein elender Zeitungsschmierer aus der Großstadt dahergelaufen, macht sie die Beine breit, das Miststück.«

Überrascht von so viel Hass und der Wut, die hinter diesen Worten steckten, fragte sich Seiffert unwillkürlich, ob nicht Marlene der eigentliche Grund für seine Misere war, verdrängte den Gedanken aber sofort wieder.

Leitner stellte die Flasche auf dem Tisch ab und setzte sich wieder.

»Aber gut, zurück zum Wesentlichen«, sagte er. »Ich nehme an, es war dieser Anwalt, der dich beauftragt hat, mich auszuspionieren. Frag mich nur, warum du angenommen hast. Hast du etwa gedacht, du bist schlauer als die Polizei? Aber egal, das wirst du mir alles noch erzählen. Aber zuerst werde *ich* dir einiges erzählen, schließlich bist ja eigentlich so ein Scheißjournalist und ihr Journalisten wollt doch immer alles ganz genau wissen. Also, du und dieser famose Anwalt, ihr habt euch sicher immer wieder gefragt, wie ich dieser KZ-Hure auf die Schliche gekommen bin, wie ich erfahren habe, dass sie mich wiedererkannt hat und dieser anderen Hure in Frankfurt davon geschrieben hat.«

»Nein.«

»Nein?« Leitner verzog mit gespielter Entrüstung das Gesicht. »Du willst wirklich abtreten, ohne zu wissen, wer die Lawine losgetreten hat?«

Seiffert schwieg.

»Nun, es war ihr eigener Mann, der sie verkauft hat. Interessant, nicht? Der gute Schorsch hatte nämlich herausgefunden, dass seine holde Gattin ihn mit diesem Holzfäller, diesem Kreuzeder, betrügt. Dabei hat er wohl zufällig auch einen der Briefe entdeckt, die sie von dieser Judensau aus Frankfurt erhalten hat. Und dann ist er in Beching aufgekreuzt, stockbesoffen, und wollte mich damit erpressen, der Vollidiot.«

Seiffert schloss die Augen und schwieg weiter. Ein Vollidiot wie ich auch, dachte er, noch immer verwirrt über seine Leichtgläubigkeit. Er hätte doch ahnen müssen, dass Leitner keine Spielchen treiben, sondern sofort bis zum Äußersten gehen würde. Dass dieser skrupellose Verbrecher die erstbeste Gelegenheit nutzen würde, um ihn aus dem Weg zu räumen.

»Also sind wir als Erstes nach Frankfurt, um da reinen Tisch zu machen«, hörte er Leitner weiter. »War ein zähes altes Luder, diese Madame Schuler, hat uns aber viel Spaß bereitet. Beim Anwalt ...« Er hatte das Wort kaum ausgesprochen, da verspürte Seiffert einen heftigen Schlag quer übers Gesicht und riss die Augen auf.

»Pass gefälligst auf, wenn ich mit dir rede, oder ich schneid dir auf der Stelle ein Ohr ab ...«

Seiffert leckte sich das Blut aus seiner Nase von der Oberlippe ab und nickte.

»Bei dem Anwalt wollten wir's dagegen kurz machen, aber leider war der gute Janek nach seinem ersten Misserfolg so wütend, dass er noch am gleichen Abend in einer Kneipe eine Schlägerei angezettelt und dabei einen Mann so schwer verletzt hat, dass wir es für klüger gehalten haben, aus der Stadt zu verschwinden. Nicht, dass wir uns deswegen Sorgen gemacht hätten. Ob dieser Anwalt nun lebte oder nicht, wen kümmerte es.«

Seiffert sagte nichts dazu.

»Als wir dann bei den Mosers waren, hatte ich eigentlich vor, den Schorsch zusehen zu lassen, was er mit seinem Verrat angerichtet hat. Aber irgendwie war mir der Trottel dann doch zu unwichtig. Außerdem konnte ich es kaum erwarten, mit der Frau allein zu sein. Sogar der getreue Janek musste draußen warten und durfte nur kurz mal stibitzen.«

Leitner steckte sich eine Zigarette an und schnippte das noch brennende Streichholz gegen Seifferts Brust. »Hast du schon mal gesehen, wie das ist, wenn ein Mensch brennt? Oder genauer gesagt: Wenn er mit Benzin übergossen ist und darauf wartet, dass man das Zündholz fallen lässt? Wie er sich dann, wenn das Zündhölzlein seinen Dienst getan hat, wälzt und windet, die Haare in Flammen aufgehen, die Augäpfel schmoren ...?«

»Hören Sie auf! Sie sind ja wahnsinnig ...«

»Findest du?«

»Ja. Sie waren doch niemals richtig in Gefahr. Hätten sich immer auf eine Verwechslung berufen können. Und selbst wenn, hätten Ihre Nazi-Freunde bei der Polizei und bei Gericht dafür gesorgt, dass Sie wie tausend andere auch mehr oder weniger glimpflich davonkommen.«

Leitner nickte. »Alles richtig, mein Freund.«

»Aber?«

»Nichts aber.«

»Ich …« In seiner Verzweiflung entschied Seiffert, seinen einzigen Trumpf auszuspielen.

Indem er selbst zum Verräter wurde!

Er hasste sich dafür, zumal er fürchtete, dass dieser Verrat nichts an seiner Lage ändern würde, dass sein Schicksal so oder so besiegelt war. Aber es war eine kleine Chance …

Er leckte sich nochmals Blut von der Oberlippe und sagte: »Bevor ich hier aufgetaucht bin, habe ich in Traunstein einen Kriminalkommissar namens Mehringer kennengelernt und ihm alles erzählt, die ganze Geschichte. Wenn er sich bis jetzt zurückgehalten hat, dann nur, weil er abwarten wollte, was ich herausfinde. Das heißt, egal, was Sie mit mir anstellen, er wird es herausfinden und Ihnen den Mord nachweisen. Und dann dafür sorgen, dass Sie den Rest Ihres schäbigen Lebens im Zuchthaus verbringen, zusammen mit Ihrem Bluthund.«

Leitner wirkte kurz irritiert, fing sich aber gleich wieder. »War dieser Kommissar Mehringer nicht dabei, als sich dieser Schwachkopf von Holzfäller netterweise die Kugel gegeben hat?«

Seiffert wagte nicht zu reagieren.

Leitner grinste. »Dann bringt er ja die besten Voraussetzungen für eine erfolgreiche Untersuchung mit …«

»Dass Sie sich da mal nicht täuschen. Der Mann ist ein hervorragender Kriminalist. Und er wird nicht allein kommen, so wie ich, sondern mit seinem ganzen Apparat. Jedenfalls würden Sie keine ruhige Minute mehr haben.«

Eine Pause entstand.

»Also warum machen wir keinen Handel?«, sagte Seiffert dann. »Sie lassen mich laufen und hören nie wieder etwas von mir, und Sie können hier weiter den ehrenwerten Großbauern und Viehhändler spielen.«

»Und deine neue Freundin willst du einfach so im Stich lassen?«

»Sicher«, erwiderte Seiffert schnell. »Ich bin doch nicht verrückt und bringe sie in Gefahr.«

»Glaubst du etwa, ich könnte ihr etwas antun?«

»Nein, natürlich nicht ...«

»Dann ist's ja gut.«

»Also, was sagen Sie zu meinem Vorschlag?«

Leitner schwieg. Sein Blick ruhte weiter auf Seifferts Gesicht. Kalt und gnadenlos.

»Ich meine, Sie müssen das hier nicht machen«, setzte Seiffert neu an.

»Ich weiß.«

»Dann gehen Sie darauf ein?«

Statt einer Antwort beugte sich Leitner vor und tat so, als wolle er die Kippe in Seifferts linkem Auge ausdrücken, bevor er sie zu Boden fallen ließ und zertrat. Seiffert, der kurz den Atem angehalten hatte, schluckte schwer.

»Hast du als Kind nie den Wunsch gehabt, Gott zu spielen?«, fragte Leitner dann unvermittelt.

»Meine Eltern haben nicht an Gott geglaubt«, erwiderte Seiffert nach kurzem Zögern, verblüfft über den Themenwechsel.

»Oh, das ist natürlich Pech ... An was haben sie denn geglaubt?«

»Dass die Welt eines Tages eine bessere sein wird.«

»Mit anderen Worten: Du bist unter Dreckskommunisten aufgewachsen?«

Seiffert sagte nichts dazu.

Leitner horchte kurz nach draußen, entspannte sich wieder und sagte in beinahe beiläufigem Ton: »Meine Leute waren sehr gläubig, sind beinahe erstickt daran. Ich hab's ihnen nicht übelgenommen, so waren sie halt, immer in Panik, nicht genug für ihr Seelenheil zu tun. Für einen Roten wie dich natürlich absolut lächerlich, aber was ich dir eigentlich erzählen möchte: Als ich zehn war, kam eine neue Familie in unser Dorf. Wie viele Kinder sie genau hatten, weiß ich nicht mehr, jedenfalls war darunter auch ein Junge in meinem Alter, mit dem ich mich angefreundet habe. Er hieß Paul und war begeisterter Karl-May-Leser. Wir haben viel unternommen, vor allem in den umliegenden Moorgebieten, wo jeder im Dorf einen Torfstich hatte. Und was meinst du, was dabei unsere Lieblingsbeschäftigung war?«

»Woher soll ich das wissen? Libellen die Flügel ausreißen?«

»Haben wir auch gemacht. Aber den meisten Spaß hatten wir beim Abschießen der Frösche mit unseren Steinschleudern.«

Seiffert sagte nichts.

»An einem Herbstabend standen wir also wieder einmal am Rande von so einer Torfgrube, die besonders tief mit Wasser und Schlamm gefüllt war, und zielten auf die Viecher. Platsch, platsch, platsch. Irgendwann gingen mir aber die Steine aus und ich forderte Paul auf, mir ein paar von seinen zu geben. Er sagte nein, ich fragte noch einmal, wieder ein Nein. Tja, was soll ich sagen, da war's um meine Geduld geschehen. Ein kleiner Schubser, und der kleine Geizhals war auf dem Weg zu den Fröschen. Ohne Chance, da aus eigener Kraft wieder herauszukommen. Er hat natürlich geschrien, gebettelt und gefleht, aber ich hatte keine Lust, mich dreckig zu machen. Ich habe ihm nur gesagt, dass er seine Steine jetzt behalten könnte und dann zugesehen, wie er langsam im Schlamm versank. Hat ziemlich lange gedauert, aber danach wusste ich, wie Sterben geht. Als ich sicher war, dass er unter Wasser bleibt, habe ich noch gewartet, bis es dunkel war und bin dann nach Hause gerannt.«

Leitner steckte sich eine neue Zigarette an und blickte Seiffert mit hochgezogenen Augenbrauen an, ganz so, als erwarte er einen Kommentar dazu.

Doch Seiffert blieb stumm, ein weiteres Mal sprachlos angesichts der geballten Bösartigkeit.

»Da brauchte ich natürlich eine Erklärung«, fuhr Leitner fort, während er genüsslich an seiner Zigarette zog. »Also hab ich gesagt, wir hätten uns infolge eines Streits getrennt und ich wüsste nicht, wo er sei. Um es kurz zu machen: Es hat volle zwei Tage gedauert, bis sie ihn endlich entdeckten. Natürlich gab es Vorwürfe, weil ich den unerfahrenen Jungen allein gelassen hätte, aber niemand hat mich verdächtigt. Und wieso auch, ich hatte ja kein Motiv, um dem armen Paul etwas anzutun. Womit auch alles wieder gut gewesen wäre, wären da nicht die anklagenden Blicke seiner Eltern und die Anfeindungen seiner Geschwister gewesen. Die haben mir nicht verziehen, und das hat mir nicht gefallen: Feinde im eigenen Dorf, nicht mit mir. Und da bekanntlich ein Unglück selten allein kommt, habe ich kurz vor Weihnachten dann ihre Scheune angezündet. War gar nicht so einfach, das auszutüfteln, ich wollte ja nicht das ganze Dorf dabei abfackeln. Aber ich erreichte, was ich wollte: Ruiniert, wie sie nun waren, mussten sie wegziehen und die Sache geriet bald in Vergessenheit.« Leitner seufzte zufrieden. »Eigentlich eine verdammt gute Geschichte, findest du nicht?«

Seiffert starrte zu Boden und schwieg.

Es würde keinen Handel geben, dessen war er nun sicher. Nicht mit diesem Scheusal. Nicht nach diesem Eingeständnis. Trotzdem raffte er sich schließlich auf und sagte: »Sie sind der widerlichste Mensch, der mir je begegnet ist, aber offensichtlich nicht dumm. Ich kann mich also nur wiederholen: Wenn Sie auch mich töten, ist es vorbei mit Ihrer Ruhe, haben Sie für den Rest Ihres Lebens die Polizei im Nacken. Wollen Sie das wirklich?«

Nun war es Leitner, der kurz schwieg, während er auch diese Kippe sorgfältig zertrat. Mit einem sonderbaren Ausdruck in den Augen griff er dann unter die Eckbank und brachte einen hölzernen Werkzeugkasten zum Vorschein. Er legte den Kasten auf den Tisch und öffnete ihn. Seiffert wollte erst nicht hinblicken, tat es dann aber doch. Der Kasten war gefüllt mit Zangen, Schraubenziehern, Nägeln, einem Hammer und einer kleinen Handsäge. Leitner nahm eine der Zangen heraus, hielt sie in die Höhe und sagte: »Wie dem auch sei, die nächsten paar Stunden möchte ich jedenfalls nicht in deiner Haut stecken.«

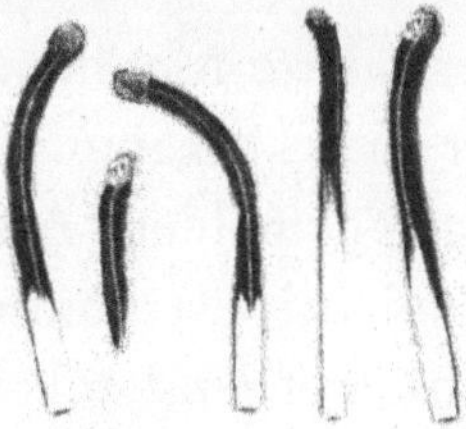

29

Mehringer hatte gerade seinen Mittagsspaziergang beendet und stand schon am Eingang zum Rathaus, als er Hartmut Ziegler um das Stalleicher Eck biegen sah. Der Lokalredakteur winkte ihm zu und so wartete Mehringer, bis der Mann bei ihm angekommen war.

»Servus, Ziegler«, sagte Mehringer. »Wollen Sie etwa zu mir?«

»Sie haben's erraten.«

»Ist was passiert?«

»Wie man's nimmt. Ich hab schon mit dem Haberlander telefoniert, aber der weiß natürlich mal wieder von nichts.«

»So? Was sollte er denn wissen?«

»Na, ob es schon was Neues von der Vermisstensache in Beching gibt?«

Beching!

Mehringer erschrak. Vor seinem geistigen Auge spielte sich das Gespräch ab, das er mit Seiffert auf ihrem Weg durchs Dorf geführt hatte und bei dem sich Seiffert darüber beklagt hatte, dass sie nichts gegen Leitner unternehmen könnten. Jedenfalls nicht auf legalem Weg. Hatte er vielleicht aus Verzweiflung heraus zur Selbstjustiz gegriffen? Hatte den Mann irgendwo abgefangen, überwältigt und entführt? Und dann? Ein Geständnis aus ihm herausgeprügelt? Eigentlich absurd. Aber wissen konnte man nie.

»Da fragen Sie mich jetzt zu viel«, erwiderte Mehringer. »Von einer Vermisstensache ist mir bisher nichts bekannt.«

»Na ja, wurde ja auch erst gestern gemeldet. Aber merkwürdig ist das schon, finden Sie nicht? Da kommt dieser Journalist extra aus Frankfurt hierher und macht sich wichtig, und dann ist er plötzlich angeblich spurlos verschwunden.«

»Der Seiffert ist verschwunden?«, wiederholte Mehringer perplex.

»Ja, sicher. An wen haben Sie denn gedacht?«

Mehringer wurde flau im Magen. »Und seit wann genau wird er vermisst?«, fragte er.

»Seit gestern Abend eben. Er sollte eigentlich eine Frau aus dem Dorf vom Bahnhof hier in Traunstein abholen, ist aber nicht aufgetaucht. Sein Wagen steht noch im Dorf. Also war er wohl zu Fuß unterwegs, wohin auch immer. Jedenfalls macht die Frau einen ziemlichen Wirbel, wie ich gehört habe.«

»Fahren Sie hin?«

Ziegler nickte. »Habe ich vor.«

»Nehmen Sie mich mit?«

»Wäre mir eine Ehre, Herr Kommissar.«

»Gut. Ich gehe nur kurz rauf und melde mich ab.«

»Alles klar.«

»Und wissen Sie schon Näheres, was diese Frau betrifft?«, fragte Mehringer auf dem Weg zu Zieglers VW, der im Hof hinter dem Redaktionsgebäude geparkt war.

»Sie ist Lehrerin dort und hat sich mit dem Seiffert angefreundet, so viel ich vom Hannes erfahren habe.«

»Hannes?«

»Johann Kienast. Der ist auch Lehrer dort. Und nebenbei unser Berichterstatter, was Beching und Umgebung betrifft.«

»Und was meint der zu der Sache?«

»Er schätzt, dass der Mann eine Wanderung in die umliegenden Berge unternommen hat und dabei verunglückt ist. Sie wissen ja, wie unvorsichtig manche Leute sind, gerade die aus der Stadt.«

»Und wird schon nach ihm gesucht?«

»Weiß ich nicht. Aber wenn, dann sollte der Suchtrupp sich besser beeilen. Es soll ein übles Unwetter aufkommen.«

Auch das noch, dachte Mehringer.

Sie stiegen in den Wagen, und während Ziegler den VW durch die Stadt und dann weiter in Richtung Chiemgauer Berge lenkte, geriet Mehringer immer mehr in Sorge und Wut. Natürlich konnte es sein, dass Seiffert sich tatsächlich verlaufen hatte oder gar verunglückt war, aber daran glaubte er nicht. Verdammt, wieso hatte dieser Blödmann nicht auf ihn gehört und sich in Traunstein ein Zimmer genommen? Er wusste doch, wie gefährlich und skrupellos dieser Leitner war. Und berechnend. Die Frau, mit der sich Seiffert angefreundet hatte, war gerade nicht im Dorf und eine Schlechtwetterfront im Anmarsch. Also genau der richtige Zeitpunkt, um zuzuschlagen.

»Jedenfalls hoffe ich, dass die von der Bergwacht dieses Mal mehr Erfolg haben«, sagte Ziegler unvermutet, sowie sie die Autobahn München-Salzburg unterquert hatten und sich der Ortschaft Bergen näherten. »Eigentlich war mir der Kerl trotz seiner Geheimnistuerei doch recht sympathisch.«

»Mehr Erfolg, wie meinen Sie das?«

»Na ja, vor gut einem Jahr ist doch dieser Münchner Student dort in der Gegend spurlos verschwunden. Und im Oktober '53 dieses junge Ehepaar.«

»Von dem Studenten weiß ich«, murmelte Mehringer, »von dem Ehepaar höre ich jetzt zum ersten Mal.«

»Ja richtig, das war ja auch vor Ihrer Zeit hier.«

»Wissen Sie noch, was das für Leute waren? Einheimische oder Urlauber?«

»Weder noch. Der Mann war Scherenschleifer und die Frau verstand sich angeblich auf Kräuterheilkunde.«

»Vielleicht sind sie einfach nur weitergezogen und über die Grenze nach Tirol gewechselt?«

»Vielleicht.«

Konnte es sein, dass Leitner hier schon länger sein Unwesen trieb? Unabhängig davon, ob er sich bedroht fühlte oder nicht? Mehringers Hoffnung, Seiffert lebend wiederzufinden, sank auf den Nullpunkt. Und so starrte er mit versteinerter Miene zum Fenster hinaus, ohne etwas wahrzunehmen.

Auf dem Dorfplatz von Beching angekommen, erblickten sie vor dem Gasthaus eine Handvoll Männer und eine dunkelhaarige Frau um die vierzig, die augenscheinlich in eine heftige Diskussion verwickelt waren. Ziegler parkte an der Friedhofsmauer ein, sie stiegen aus und gesellten sich zu der Gruppe, in deren Mitte sich auch Leitners Knecht Janek befand, wie Mehringer erbost feststellte.

»Servus Hannes«, sagte Ziegler zu einem dünnen, gut fünfzigjährigen Mann mit Brille. »Gibt es schon was Neues?«

»Bis jetzt nicht.«

»Sind Sie auch von der Zeitung?«, wandte sich die Frau an Mehringer.

»Ich bin von der Polizei«, erwiderte Mehringer nach einem Blick zu diesem Janek. »Und wer sind Sie?«

»Marlene Hofbauer.«

Mehringer musterte die Frau kurz. Eine hübsche Person, auch wenn im Augenblick Sorge und Ungeduld ihre Gesichtszüge beherrschten.

»Haben Sie schon herausgefunden, wer ihn zuletzt gesehen hat?«, fragte er. »Oder wohin er wollte?«

»Nein, eben nicht. Als er mich am Samstagvormittag am Bahnhof abgesetzt hat, hat er nur gemeint, er würde das Wochenende für eine kleine Wanderung in die Berge nutzen.«

»Wie sieht es denn mit einem Suchtrupp aus?«, fragte Ziegler.

»Das ist es ja«, erwiderte die Frau aufgebracht. »Ich war schon beim Bürgermeister, aber bis der die Bergwacht alarmiert, das kann dauern. Und der Leitner meint auch, wir sollten erst einmal abwarten, weil die meisten ja von selbst wieder auftauchen. Wenn aber nicht, dann würde er schon alles organisieren.«

Mehringer war sprachlos. Das konnte einfach nicht wahr sein. Ausgerechnet der Täter sollte nach seinem Opfer suchen. Es war nicht zu fassen.

»Und wieso der?«, brachte er mit Mühe heraus.

»Weil er als Kommandant der freiwilligen Feuerwehr dafür zuständig ist. Und außerdem als Jagdpächter die Gegend wie seine Westentasche kennt.«

»Verstehe.« Er räusperte sich. »Darf ich fragen, weshalb Sie so ein Interesse an der Sache haben?«

»Herr Seiffert und ich haben uns ein bisschen angefreundet ...«

Es stimmt also, dachte Mehringer. Noch ein Grund, wieso Seiffert aus dem Dorf nicht wegziehen wollte.

»Ah ja. Und wo waren Sie übers Wochenende?«

»Bei einer Freundin in München.«

»Haben Sie zufällig ein Foto von ihm?«, fragte Ziegler die Frau.

»Nein, wieso?«

»Wenn er verschwunden bleibt, veröffentlichen wir es in der morgigen Ausgabe mit der Bitte um Hinweise.«

»Natürlich … Vielleicht hat er eines in seinem Gepäck.« Die Frau deutete zu einem der Fenster im Obergeschoss des Gasthauses. »Oben in seinem Zimmer.«

»Dann sehen Sie bitte mal nach«, sagte Mehringer, der die beiden aus dem Weg haben wollte, mit Nachdruck zu Ziegler. »Ich rede inzwischen mal mit diesem Leitner.«

»Soll ich mitkommen?«, fragte die Frau.

Mehringer machte eine abwehrende Handbewegung. »Nein, nein. Das erledige ich schon.«

»Aber Sie wissen doch gar nicht, wo er wohnt.«

»Doch, doch. Ich war schon mal hier«, beeilte sich Mehringer zu erklären, bevor er sich abwandte und eiligen Schrittes wegging.

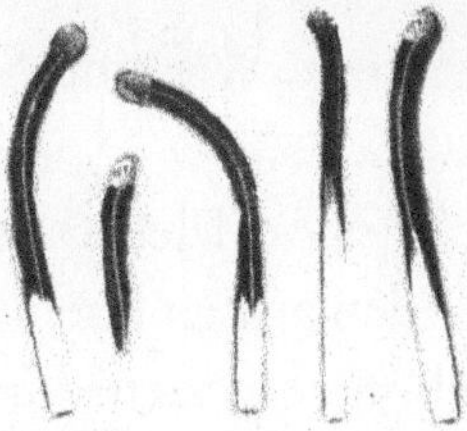

30

Erst unterwegs fiel Mehringer auf, dass er unbewaffnet war, dass seine Pistole in der Schublade seines Schreibtischs lag. Auch gut, dachte er. Er ging direkt auf die Haustür zu und klopfte energisch.

Er bemerkte, wie an einem der Fenster der Vorhang beiseitegezogen wurde, doch niemand kam nachsehen. Er klopfte noch einmal, blickte dabei argwöhnisch zu Janek, der lautlos hinter ihm herangekommen war. Der Knecht blieb fünf, sechs Meter entfernt stehen, die Hände in die Hüften gestemmt, und grinste hämisch.

Der letzte Funken Hoffnung, den Mehringer bis jetzt gehabt hatte, zerstob. Er würde Seiffert nurmehr als Leiche wiedersehen, dessen war er nun sicher. Irgendwo in einer Schlucht, mit gebrochenem Genick als Folge eines angeblichen Absturzes. Er hob erneut die Hand, doch im selben Augenblick wurde die Tür geöffnet und Leitner stand ihm gegenüber, barfuß und im Unterhemd und mit einem Gesicht, das wie eine Maske wirkte.

Leitner musterte Mehringer mit kalten Augen und sagte: »Wir kaufen nichts. Und wenn du nochmal so einen Krach machst, komme ich raus und polier dir die Fresse.«

In Mehringer brodelte es. Er war kurz davor, sich auf den Mann zu stürzen.

»Wo ist er?«, stieß er hervor. »Was haben Sie mit ihm gemacht?«

»Wo ist wer?«, erwiderte Leitner ungerührt. »Wer sind Sie überhaupt?«

»Sie wissen ganz genau, wer ich bin«, sagte Mehringer. »Oder haben Sie Ihren Anruf, mit dem Sie den armen Kreuzeder in sein Verderben geschickt haben, schon vergessen? Und Sie wissen auch, warum ich hier bin. Also hören Sie schon auf, den Dorfdeppen zu spielen.«

»Ich weiß noch immer nicht, wovon Sie reden. Aber jetzt fällt mir ein, wo ich Sie schon mal gesehen habe. War das nicht auf dem Moser-Hof?«

Leitner trat über die Türschwelle und baute sich mit gewölbter Brust vor Mehringer auf. Sein intensiver Schweißgeruch verursachte bei Mehringer derartigen Ekel, dass er unwillkürlich ein Stück zurückwich.

»Also, wenn Sie vielleicht von der Kripo sind, warum haben Sie das nicht gleich erwähnt«, sagte Leitner, während sein Blick an Mehringer vorbei zu Janek streifte. »Mit der Polizei bin ich immer gut ausgekommen.«

»Das glaube ich gern. Vor allem mit der Geheimen Staatspolizei, nehme ich an. Und jetzt noch einmal: Wo ist Seiffert? Was haben Sie mit ihm gemacht?«

»Gemacht? Ich?«

»Ja, Sie.«

»Ach so, jetzt verstehe ich langsam: Sie reden von diesem komischen Schriftsteller, der so dämlich war, sich im Wald zu verlaufen, sodass ich jetzt einen Suchtrupp anführen soll, obwohl ich wirklich Besseres zu tun hätte.« Er blickte kurz zum Himmel hoch, wo sich im Westen bereits dunkle Wolken ballten. »Ich hoffe nur, dass der Wetterumschwung nicht allzu drastisch ausfällt, sonst sehe ich schwarz für Ihren Freund.«

»Das glauben Sie doch selbst nicht …« Mehringer hatte sich noch nie so hilflos gefühlt.

»Was soll ich nicht glauben? Dass er sich verlaufen hat? Na ja, vielleicht hat er sich auch ein Bein gebrochen und liegt jetzt hilflos irgendwo da draußen. Oder ist in eine Schlucht gestürzt. Umso wichtiger wäre es also, dass Sie endlich aufhören, hier dumme Reden zu führen.«

»Ich ...« Mehringer versagte die Stimme. Diese Kaltschnäuzigkeit war einfach zu viel für ihn. Zumal er absolut keine Handhabe hatte, um den Mistkerl festzunageln, ihm seine dreckigen Lügen in den Hals zu stopfen.

»Ich weiß zwar noch immer nicht, wer genau Sie sind, aber Sie können sich gerne anschließen, wenn Sie möchten«, sagte Leitner. »Allerdings würde ich vorschlagen, dass Sie sich vorher entsprechend umziehen. Mit Ihrem feinen Anzug haben Sie da draußen nichts verloren.«

»Sie sind ein gottverdammter Lügner ...«

Leitner und Janek wechselten einen Blick. »Für einen Mann ganz allein riskieren Sie eine verdammt große Lippe«, sagte Leitner dann.

»Ach ja? Wollen Sie mich vielleicht auch beseitigen?«

»Warum sollte ich?« Leitner bedachte Mehringer mit einem verächtlichen Blick. »So wichtig sind Sie nun auch wieder nicht. Abgesehen davon: Polizisten bringt man nicht um. Polizisten kauft man.«

»Sie ...«

Mehringer machte einen Schritt auf Leitner zu.

Doch bevor er ihn am Unterhemd packen konnte, spürte er die Hand des Knechts auf seiner rechten Schulter. Ohne zu zögern, stieß er dem Kerl mit voller Kraft den rechten Ellbogen gegen die Brust, drehte sich dann blitzschnell um und versetzte ihm noch einen kräftigen Fausthieb auf die Nase. Der Mann geriet ins Taumeln und landete gleich darauf auf seinem Hintern.

Leitner riss verblüfft die Augen auf, bevor er unvermutet in die Hände klatschte und rief: »Bravo, Herr Kommissar, das ist bis jetzt noch keinem geglückt.«

Mehringer schob seine rechte Hand unters Sakko und tat so, als würde er nach seiner Waffe greifen. »Sagen Sie ihm, wenn er mich noch einmal anfasst, erschieße ich ihn.«

»Aber nicht doch …«

»Was ist denn hier los?«

Marlene Hofbauer kam auf sie zu, begleitet von Ziegler und einem weiteren Mann. Sie alle starrten auf Janek, der sich die blutende Nase hielt und giftige Blicke aussandte.

Leitner lachte. »Nur ein kleines Missverständnis, was das Tempo meiner Bemühungen betrifft, diesen Dummkopf von Schreiberling zu finden.«

»Du führst also doch einen Suchtrupp an?«, fragte die Frau.

»Selbstverständlich. Ich bin doch kein Unmensch.« Leitner schob Mehringer brüsk beiseite, trat auf sie zu und blickte ihr tief in die Augen. »Du weißt doch, Marlene, dass ich für dich alles tun würde.«

»Kann ich auch mitkommen?«, fragte sie, machte jedoch gleichzeitig einen Schritt rückwärts.

»Sicher.« Leitner wandte sich an Mehringer. »Und natürlich ist auch der Herr Kommissar herzlich eingeladen …«

Mehringer starrte ihn hasserfüllt an. Überlegte kurz, was wohl passieren würde, wenn er auf der Stelle auspackte. Wenn er Leitner all der Verbrechen beschuldigte, die er begangen hatte. Würde ihm jemand Glauben schenken? Vermutlich bestenfalls die Frau und auch Ziegler. Aber sobald sich die Aufregung gelegt hätte, würde man nach Beweisen fragen. Herrgott nochmal, wenn es ihm wenigstens gelungen wäre, diesen Kreuzeder am Leben zu halten. Dann wäre im Prinzip noch alles offen. Aber so? Die Frau würde vielleicht mächtig

Staub aufwirbeln, aber letztlich nichts erreichen. Und Ziegler? Der würde die Sache vielleicht auch ernst nehmen, aber die Geschichte niemals in der Zeitung bringen, jedenfalls nicht, bevor sie vom Staatsanwalt abgesegnet war. Und das war nicht zu erwarten.

Blieben die Dorfbewohner, von denen inzwischen einige mehr aufgetaucht waren.

Wie würden die auf seine Anschuldigungen reagieren? Leitner war immerhin der reichste und mächtigste Bauer im Dorf und als Chef der Feuerwehr der zweitwichtigste Mann nach dem Bürgermeister. Wo steckte der überhaupt? Mehringer schaute sich die kleine Schar genauer an: Ein paar Bauern, Kleinhäusler und Knechte, die vom Krieg und seinen Folgen garantiert nichts mehr wissen wollten. Würden die gegen Leitner Front machen?

Vergiss es, sagte er sich.

»Ich muss leider weiter«, sagte er zu der Frau und ging mit gesenktem Kopf einfach davon.

Ziegler folgte ihm. »Was ist denn nun wirklich passiert?«, fragte er.

»Der Kerl hat gemeint, er müsse sich über den Seiffert lustig machen. So nach dem Motto: Wenn er zu blöd ist, um aus dem Wald herauszufinden, soll er besser drinbleiben.«

»Und da haben Sie ihm eins aufs Maul gegeben?«

»So ungefähr.«

Ziegler klopfte ihm anerkennend auf die Schulter. »Donnerwetter. Das hätte ich Ihnen gar nicht zugetraut. Und jetzt?«

»Fahren wir zurück, würde ich sagen. Hier können wir nichts mehr ausrichten.«

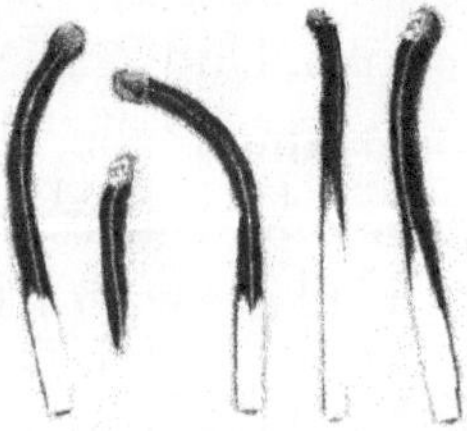

31

Ein erster Regenschauer ging nieder, als Ziegler in den Hohlweg einbog und auf den Moser-Hof zufuhr.

»Zuhause ist jemand«, sagte Ziegler, als er Josef Mosers Mercedes erblickte.

Mehringer nickte.

Ziegler hielt vor dem Haus an, ließ den Motor aber laufen. »Und Sie sind sicher, dass der Mann Sie nach Traunstein zurückbringt?«

»Bin ich. Und nochmals danke fürs Mitnehmen.«

»Gern geschehen.«

Mehringer stieg aus und sah zu, wie Ziegler den Wagen wendete und davonfuhr.

Moser war inzwischen aus dem Haus getreten und blickte Mehringer erwartungsvoll an.

»Tut mir leid, wenn ich Sie schon wieder störe«, sagte Mehringer.

»Muss es nicht, ganz im Gegenteil.« Moser kam ein paar Schritte näher. »Aber Sie sehen ziemlich mitgenommen aus, wenn ich mir die Feststellung erlauben darf.«

»Aus gutem Grund.« Mehringer deutete zur Haustür. »Haben Sie Zeit für ein Bier und eine Geschichte, die Ihnen Albträume bereiten wird?«

»Glauben Sie wirklich, dass mich jetzt noch etwas erschüttern könnte?«

»Warten Sie's ab.«

»Na dann, herein mit Ihnen.«

Mehringer folgte Moser in die Küche, wo er sich an den Tisch setzte, während Moser zwei Flaschen Bier aus der Speisekammer holte.

»Dann legen Sie mal los«, sagte Moser, nachdem sie angestoßen hatten.

Mehringer nahm einen kräftigen Schluck und sagte: »Sie erinnern sich bestimmt noch an diesen Frankfurter Journalisten, der vor einer Woche auch bei Ihnen aufgetaucht ist?«

»Klar. Von dem Sie dachten, dass er etwas zu verbergen hat.«

»Genau.«

»Und, hatten Sie recht mit Ihrem Verdacht?«

»Allerdings.«

»Und wo steckt der Kerl jetzt? Ist er wieder in Frankfurt?«

»Schön wär's.«

Mehringer blickte kurz zum Fenster hinaus, bevor er tief Luft holte und Moser erzählte, was er soeben erlebt hatte und wie es dazu gekommen war. Die ganze Geschichte, seit er Seiffert an jenem Vormittag im Traunsteiner Stadtcafé kennengelernt hatte.

Als er fertig war, saß Moser zusammengesackt auf seinem Stuhl, das Kinn auf die gefalteten Hände gestützt, und starrte mit leerem Blick auf die Fensterscheibe neben sich, gegen die nun der Regen prasselte.

»Vielleicht hätte ich Sie früher über alles aufklären sollen«, sagte Mehringer nach einer Weile dumpfen Schweigens, »aber ich wollte Seiffert nicht in die Quere kommen.«

»Dass an der Sache etwas faul war, war mir eigentlich von Anfang an klar«, sagte Moser schließlich.

»Sie meinen den Mord an Ihrem Bruder und der Herta?«

Moser nickte.

»Und wieso?«

Moser rieb sich das Gesicht, bevor er Mehringer fest in die Augen sah. »Sie haben die Herta nicht gekannt, aber wenn es wirklich dieser Holzfäller gewesen wäre, hätte sie den Mann zur Vernunft gebracht, selbst dann noch, nachdem er dem Schorsch den Schädel eingeschlagen hat.«

»Wenn das so ist, muss sie wirklich eine bemerkenswerte Frau gewesen sein.«

»Ja, das war sie.«

»Als ich nach Kreuzeders Tod hier war, haben Sie davon aber nichts erwähnt.«

»Na ja, nachdem der Mann sich umgebracht hatte, wollte ich auch daran glauben, dass er der Täter war. Schon, damit ich nicht ewig rätseln muss, wer und warum.«

»Kann ich verstehen.«

Ein Blitz erhellte das Zimmer, gefolgt von einem Donnerschlag in unmittelbarer Nähe.

»Und Sie sind absolut sicher, dass dieser Journalist nicht mehr am Leben ist?«, fragte Moser, nachdem wieder Ruhe eingekehrt war. »Ich meine, er könnte doch tatsächlich verunglückt sein.«

Mehringer schüttelte den Kopf.

»Aber Sie haben doch selbst gesagt, dass der Mann nach dem Tod von diesem Anwalt nichts in der Hand hatte gegen den Leitner. Dass Sie beide im Grunde völlig machtlos waren.«

»Richtig. Es sei denn, er hat mir etwas verheimlicht, was ich aber nicht glaube.«

»Und dennoch sind Sie überzeugt davon, dass dieser Viehhändler ihn umgebracht hat?«

»Ja.« Mehringer zuckte hilflos mit den Schultern. »Vielleicht schlicht und einfach aus reiner Mordlust, so wie damals bei dieser Mordbrenner-Aktion gegen die Frauen aus dem Todesmarsch, bei der Ihre Schwägerin und Miriam Schuler Zeuge geworden sind.«

»Und wenn seine Leiche trotzdem nicht gefunden wird?«

»Dann hat ihn Leitner mit Hilfe seines Knechts anderweitig verschwinden lassen.«

Moser verzog abrupt das Gesicht, stand auf und sagte hastig »Ich komme gleich wieder«, ehe er in den Flur verschwand. Vermutlich, um die Toilette in der Waschküche aufzusuchen.

Mehringer erhob sich ebenfalls und lief ein paar Schritte auf und ab, plötzlich unsicher, ob er nicht doch in Beching hätte bleiben sollen. Schon der Frau, dieser Marlene Hofbauer, zuliebe, die nun möglicherweise ganz allein mit allem fertigwerden musste, hilflos und verzweifelt. Aber die Aussicht, noch länger Leitners Visage ertragen zu müssen, war einfach zu abschreckend gewesen.

Moser kam zurück, etwas blass um die Nasenspitze, aber wieder sichtlich gefasst. Er öffnete wortlos das Küchenbuffet und holte wie schon bei ihrem ersten Zusammentreffen die Flasche Kräuterlikör und zwei Gläser heraus. Sie setzten sich wieder an den Tisch und Moser fragte, während er einschenkte: »Ich möchte Sie ja nicht kritisieren, aber können Sie da wirklich nichts unternehmen?«

»Ich wüsste nicht, wie«, erwiderte Mehringer, nachdem er sein Glas mit einem großen Schluck geleert hatte. »Nach dem Tod von diesem Frankfurter Anwalt gibt es niemanden mehr, der meine Anschuldigungen belegen könnte. Ich würde mich nur lächerlich machen.«

»Und diesen Dreckskerl womöglich noch wütender«, sagte Moser.

»Kann schon sein. Was jetzt nicht heißt, dass ich persönlich Angst vor ihm hätte. Aber ich habe eine Freundin, die wiederum eine zwölfjährige Tochter hat. Also genau das Umfeld, das einen Sadisten wie Leitner reizen könnte, mir quasi eine Lektion zu erteilen.« Mehringer räusperte sich. »Weswegen ich Sie auch bitten möchte, dies alles für sich zu behalten, auch wenn es Ihnen vielleicht schwerfallen sollte.«

Es dauerte ein paar Sekunden, bis Moser mit nachdenklicher Miene nickte. »Keine Sorge. Mir tut nur diese Frau leid, diese Lehrerin, die jetzt wahrscheinlich nie die Wahrheit erfahren wird.«

»Ja, aber ich wüsste nicht, wie ich ihr die Wahrheit sagen könnte, ohne sie in Gefahr zu bringen.« Mehringer warf einen Blick zum Fenster hinaus. Der Regen schien etwas nachgelassen zu haben. Er sagte etwas zögerlich: »Das ist mir jetzt ein wenig peinlich, aber ich hoffe, dass Sie heute vielleicht so gut sind und mich nach Traunstein kutschieren.«

»Natürlich, sehr gern sogar.«

»Wenn Sie möchten, könnten wir dort auch später irgendwo zu Abend essen. Sie wären selbstverständlich eingeladen.«

»Ein andermal gern.« Moser stand auf. »Aber ich glaube, für heute haben wir genug geredet. Vielleicht geh ich ins Kino, wenn ich schon mal dort bin.«

»Im Bahnhofskino läuft gerade ein Western mit Gary Cooper. Heißt *Vera Cruz*.«

»Klingt genau nach dem, was ich jetzt brauchen könnte, um auf andere Gedanken zu kommen.«

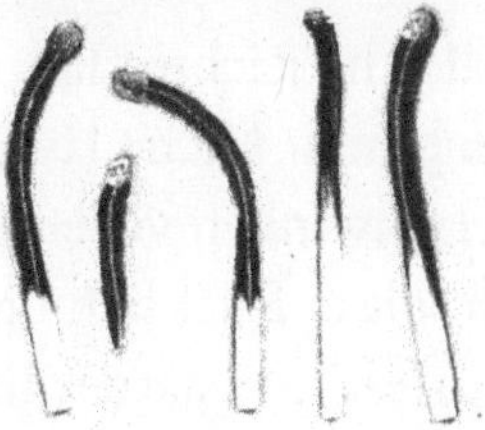

32

Mehringer saß noch beim Frühstück, als er plötzlich ein Kratzen im Hals verspürte, verbunden mit einem leichten Unwohlsein. Er setzte die Tasse ab und atmete einmal tief durch. Kündigte sich da etwa eine Erkältung an? Eigentlich ein Unding. Es hatte fast dreißig Grad im Schatten, die Sonne brannte vom wolkenlosen Himmel und wäre die Brise vom See her nicht gewesen, hätte er geschwitzt. Aber gut, besser jetzt am vorletzten Tag ihres Urlaubs als bei ihrer Ankunft vor einer Woche.

Er rückte seinen Strohhut zurecht und blickte zu Gerda, die ihre erste Runde im See beendet hatte und nun über den noch weitgehend leeren Strand auf ihn zukam. So hübsch und gefällig, dass Mehringer sich wieder einmal bestätigt sah. Diese Frau wog allen Ärger auf, den er ihretwegen hatte und noch haben würde. Sie setzte sich ihm gegenüber an den Tisch und strich ihre dunklen Haare nach hinten, bevor sie nach der Thermoskanne griff und sich ebenfalls eine Tasse Kaffee einschenkte.

»Wirklich schade, dass wir übermorgen schon wieder heimfahren müssen«, sagte sie nach dem ersten Schluck.

Mehringer nickte nur.

Heim, wie sich das anhört, dachte er.

Aber gut, wenn erst einmal der Kraus weg war, der als Ausbilder bei der neuen Bundeswehr nochmals Karriere machen wollte, würde es bestimmt einfach werden, zumal auch Haberlander zum Jahresende in Pension ging. Umgeben von neuen Kollegen würde es ihm dann vielleicht leichter fallen, die Mordserie um Herta Moser hinzunehmen. Nicht länger damit zu hadern, ob er nach Seifferts Verschwinden vielleicht doch in die Offensive hätte gehen sollen, ohne Rücksicht auf Verluste. Was wäre denn schon groß passiert? Sie hätten ihn für verrückt erklärt, na und! Es gab auch ein Leben außerhalb der Polizei, außerhalb von Traunstein, außerhalb dieser Wirtschaftswunderwelt, in der jeder nur daran dachte, was er sich als Nächstes leisten könnte.

Herrgott, er war doch erst 31, und die Welt steckte voller Möglichkeiten.

»Du grübelst schon wieder«, unterbrach Gerda seine Gedanken.

»Entschuldige bitte.« Mehringer versuchte ein Lächeln.

»Ich weiß, dass dir die Sache mit diesem Holzfäller noch immer nachhängt, auch wenn ich bis heute nicht weiß, wieso eigentlich. Aber jetzt bist du hier bei mir ...«

Mehringer nickte nur und schaute auf das Treiben ringsum. Allmählich füllte sich der Strand, Kinder liefen umher, Hunde bellten und auf dem Wasser dümpelten die ersten Boote.

»Dieser Autohändler aus Regensburg war vorhin hier«, sagte er. »Wollte wissen, ob wir nach dem Abendessen noch einmal zum Kartenspielen zu ihnen hinüberkommen.«

»Damit er mir wieder den ganzen Abend auf den Busen starren kann.«

»Tja, nicht jeder hat's halt so gut erwischt wie ich.«

»Meinst du?«

»Aber ja!«

Der Anblick der Kinder brachte Mehringer unversehens auf eine Idee. Warum eigentlich nicht, dachte er. Wenn er schon die Verhältnisse nicht ändern konnte, warum dann nicht eine Art von Rebellion im Privaten. Seine Eltern würden zwar durchdrehen und ihn auf der Stelle enterben, so dass ihre hübsche Villa in der Leonrodstraße an seine hochnäsige Schwester fallen würde, aber das könnte er verkraften.

»Die Frage wird dich jetzt überraschen«, sagte er, nachdem er tief Luft geholt hatte. »Aber hättest du eigentlich noch gerne ein Kind?«

»Ein Kind?«

»Ja.« Mehringer deutete auf die spielenden Kinder. »So was wie die da.«

»Wie kommst du denn auf die Idee?«

»Weil Liebespaare das so machen, wenn sie zusammenbleiben wollen.«

Gerdas Blick changierte zwischen Überraschung und Irritation. Von Freude aber keine Spur. Mehringer war enttäuscht. »Mit allem Drum und Dran natürlich«, fügte er schnell hinzu.

»Ich bin vier Jahre älter als du ...«

»Na und? Das hat bisher doch auch keine Rolle gespielt.«

»Das sagst du jetzt.«

Mehringer rutschte auf seinem Campingstuhl nach vorne und griff nach Gerdas Händen. Etwas pathetisch sagte er: »Keiner weiß, was die Zukunft bringt, da gebe ich dir vollkommen recht. Aber nach diesem einen Jahr, das wir jetzt zusammen sind, weiß ich, dass du die Richtige bist für mich. Egal, was meine Eltern oder wer auch immer davon halten.«

»Auch dann, wenn ich kein Kind mehr möchte?«

»Das ist deine Entscheidung«, wiegelte Mehringer ab in der Hoffnung, dass es vielleicht doch anders kommen würde.

»Reden wir zuhause weiter, einverstanden?«

»Natürlich.«

Also kein Kind mehr, dachte Mehringer, plötzlich fest entschlossen, das Thema von sich aus nicht mehr anzusprechen.

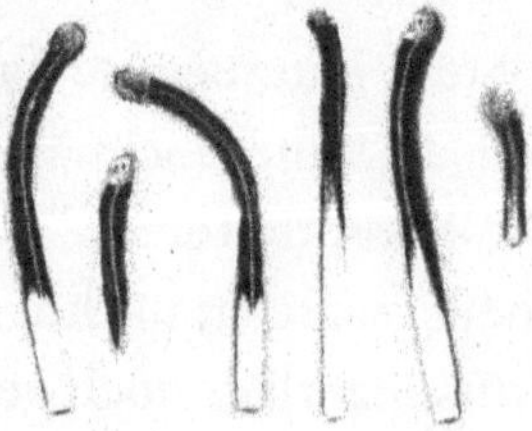

33

Gerda war gerade zur Tür hinaus, da klingelte das Telefon. Mehringer war erst versucht, es zu ignorieren, aber das Klingeln hörte nicht auf. Also erhob er sich widerwillig, schleppte sich in den Flur hinaus und hob ab.

»Mehringer«, knurrte er.

»Wie geht's?«, fragte Haberlander.

»Schlecht.«

»Kannst du trotzdem ausrücken? Nur für ein paar Stunden.«

Mehringer unterdrückte einen Hustenanfall und sagte: »Wieso ausrücken? Bin ich jetzt bei der Feuerwehr?«

Haberlander lachte scheppernd. »Ha, ha, der war gut ...«

»Was?«

»Das mit der Feuerwehr. Wir haben nämlich wieder mal eine Brandleiche.«

»Ein Unfall?«

»In gewisser Weise ja. So wie es aussieht, hat die Frau im Bett geraucht und ist dabei eingeschlafen. Und das war's dann.«

»Und wo?«

»In diesem Kaff von Beching.«

Beching!

Mehringer wurde es trotz seines Fiebers kalt. Er hatte unversehens weiche Knie, wagte kaum, die nächste Frage zu stellen.

»Und wie heißt die Frau?«

»Marlene Hofbauer. Eine Lehrerin. Alleinstehend.«

Mehringer wurde schwindelig. Das Bild der Frau vor Augen, wie sie ihn auf dem Dorfplatz von Beching gedrängt hatte, die Suche nach Seiffert aufzunehmen, legte er den Hörer beiseite und holte sich schnell einen Stuhl aus der Küche.

»Was ist? Bist du noch dran?«, fragte Haberlander ungeduldig.

»Ja, ja ...« Mehringer atmete tief durch und versuchte, klar zu denken. »Und wie ist das Ganze genau abgelaufen?«, fragte er dann, während er gegen die nächste Schwindelattacke ankämpfte. »Ich meine, wer hat den Brand entdeckt, wie schnell wurde gelöscht und wer hat den Tod der Frau festgestellt?«

»Soviel mir bis jetzt bekannt ist, hat ein Nachbar gegen drei Uhr morgens den Brand bemerkt und Alarm geschlagen. Die Feuerwehr war dann wohl ziemlich schnell zur Stelle und konnte so ein Übergreifen des Brandes auf das Schulhaus nebenan verhindern. Aber für die Frau kam jede Hilfe zu spät.«

»Sagt wer?«

»Wer? Die Feuerwehr natürlich. Ein gewisser Herbert Leitner.«

Mehringer spürte, wie es verdächtig leicht in seinem Kopf wurde. Ein paar Sekunden noch, und er würde vom Stuhl kippen.

»Ich hab vierzig Grad Fieber und mir ist übel«, sagte er. »Das muss der Kraus allein übernehmen.«

»Der ist aber in Ruhpolding wegen dieser Messerstecherei von letzter Woche und ...«

Mehringer legte wortlos auf, tappte zurück ins Wohnzimmer und warf sich auf das Sofa, das ihm die vergangenen zwei Tage auch als Bett gedient hatte.

Am liebsten hätte er geheult.

Das durfte nicht sein.

Nur ein Zufall?

Nie im Leben. Nicht, wenn Leitner mit im Spiel war.

Alles sein Fehler.

Vielleicht hätte er damals, nachdem Seiffert spurlos verschwunden war, einfach den Mund halten sollen. Hätte Leitner nicht provozieren dürfen. So wie Leitner nun ihn provozierte. Denn nichts anderes war dieser Mord: eine Herausforderung, eine perverse Mutprobe. Beim Rauchen eingeschlafen! Nichts einfacher, als das zu arrangieren. Als Kommandant der örtlichen Feuerwehr!

Und jetzt?

Dank seiner Grippe musste er Leitner wenigstens nicht in die Augen sehen, wenn der Dreckskerl seine Version der Ereignisse präsentierte und sich vielleicht auch noch feiern ließ, weil er den Brand so rasch unter Kontrolle gebracht hatte.

Ein anderer Gedanke durchzuckte ihn: Wer so verrückt, so bösartig war, der würde vielleicht als Nächstes auf ihn losgehen. Oder auf Gerda? Oder auf Gerdas Tochter, die Sonja? Mehringer brach der Schweiß aus.

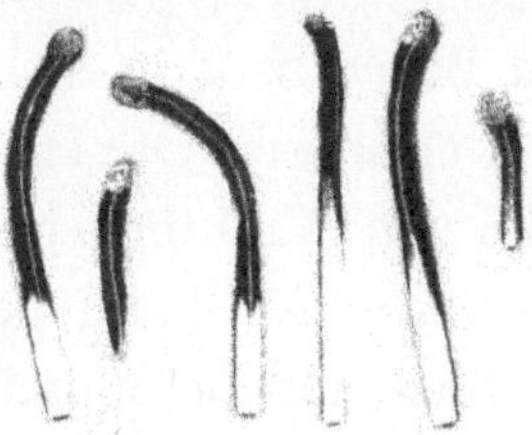

34

Mehringer stellte die Horex neben der Straße ab und ging durch das mittlerweile hochgewachsene Gras zu der freien Fläche entlang des schmalen Bachlaufs, auf der vor einigen Monaten diese Zigeunersippe ihr Lager aufgeschlagen hatte. An der Stelle, wo ihn die alte Frau angesprochen hatte, blieb er stehen und versuchte, sich ihr Gesicht in Erinnerung zu rufen.

Es gelang ihm nicht.

Eine schwere Prüfung!

Was könnte die Alte damit gemeint haben?

Natürlich all die schrecklichen Dinge, die in letzter Zeit passiert waren, was sonst. Aber irgendwie wurde er den Gedanken nicht los, dass es damit nicht getan war. Schon allein deswegen, weil Leitner noch immer frei herumlief. Und vermutlich schon den nächsten Mord plante.

Er stieg wieder aufs Motorrad und fuhr weiter, nun parallel zur Bahnlinie. An einer Abzweigung bog er auf gut Glück nach links ab und passierte zwei, drei kleinere Bauernhöfe, bis er vor einem Waldstück auf eine Ansammlung von Hütten stieß, gruppiert um eine Art Blockhaus und einen Wohnwagen, wie er ihn im Lager der Zigeuner gesehen hatte. Er fuhr langsam daran vorbei, misstrauisch beäugt von einem etwa zwölfjährigen Mädchen mit dichten schwarzen Locken, das in der Tür des Wohnwagens stand.

Hinter dem Wald kam wieder ein Bauernhaus in Sicht, das Mehringer an das Moser-Anwesen erinnerte. Die exakt gleiche Bauweise und ebenfalls ringsum von Wald umgeben. Nachdem er an einem Gemüsegarten und einem Schuppen vorbeigekommen war, hatte er freien Blick auf die Südseite des Hauses, wo auf der Zufahrt zwei Kinder ihr Ballspiel unterbrochen hatten und ihn neugierig musterten, während eine Art Wolfshund auf ihn zulief, der aber nicht aggressiv wirkte.

Mehringer hielt spontan an, stellte den Motor ab und hob grüßend die Hand. Fragte sich unwillkürlich, ob Leitner die beiden Kinder verschont hätte, wäre es hier gewesen, wo er die Bauersleute ermordet hatte. Er deutete auf die Straße vor sich.

»Könnt ihr mir sagen, wo's da hingeht?«, fragte er.

»Wo wollen Sie denn hin?«, fragte das vielleicht zehnjährige Mädchen zurück.

»Eigentlich nirgendwohin. Ich mache nur einen kleinen Ausflug.«

Das Mädchen spielte kurz mit seinen blonden Zöpfen und kam ein paar Schritte näher, wobei es dem Hund den Kopf streichelte. Der etwa halb so alte Bub blieb weiter auf Abstand.

»Wenn Sie weiterfahren, kommt bald eine Wiese mit einem Heustadl drauf«, sagte das Mädchen. »Wenn Sie da nach links fahren, kommen Sie zur Bahnlinie. Rechts geht es nach Maria Tann und dann nach Ropferding.«

Mehringer hatte von keinem der beiden Orte je gehört.

»Und was kommt danach?«

»Waging. Aber das ist ziemlich weit ...«

Waging! Das hörte sich schon besser an. Das könnte er bequem schaffen, bevor es dunkel wurde. Er hob erneut grüßend die Hand, startete den Motor und fuhr weiter, tiefer in den schattigen Mischwald hinein, bis nach knapp einem Kilometer die avisierte Wiese in Sicht kam. Er folgte der Abzweigung, die nach Maria Tann führte, und stieß kurz darauf auf eine kleine, links am Wegrand stehende Kapelle. Er hielt verwundert an und fragte sich, was eine mitten im Wald errichtete Kapelle wohl zu bedeuten hatte. Kurzentschlossen stieg er ab und öffnete die schwere Holztür, hinter der an den Seitenwänden jeweils eine hölzerne Sitzbank mit Lehne angebracht war. In der Rückwand befand sich in einer Nische ein kleiner, mit einem massiven Eisengitter gesicherter Altar, in dem ein Gemälde der Maria mit dem Kind stand.

War das hier etwa Maria Tann?

Er blickte sich genauer um und entdeckte in einem Schuber seitlich der linken Bank ein Art Gästebuch. Er setzte sich und blätterte darin, wobei er auf der letzten Seite ein mit Maschine geschriebenes Informationsblatt vorfand, das den Ursprung der Kapelle erklärte. Demnach hatte ein Jäger auf der damals hier stehenden Grenztanne »Moari-Tann« einen Hochstand. Als er eines Tages von diesem herunterfiel, löste sich ein Schuss, verwundete den Jäger aber nicht. Aus Dankbarkeit brachte er an der Tanne eine Votivtafel an, mit der Folge, dass sich der Baum zu einer Pilgerstätte entwickelte, bis die umliegenden Bauern 1899 an der Stelle, an der die Grenztanne gestanden hatte, die heutige Waldkapelle errichteten.

Mehringer steckte das Buch zurück in den Schuber, legte die Füße auf die Bank gegenüber und dachte nach. Über den Sturz des Jägers, den Schuss und das Glück, das der Mann gehabt hatte. Doch schon legten sich wieder seine üblichen grauen Gedanken über diese Geschichte und verdunkelten sein Gemüt.

So konnte es nicht weitergehen. Auch wenn er den Schock über Marlene Hofbauers Tod halbwegs überwunden hatte und nach außen hin wieder der Alte war, raubte ihm die Vorstellung, dass Leitner weiter ungestraft herumlief, jede Freude am

Leben. Er schüttelte den Kopf. Warum nur hatte er Seiffert damals daran gehindert, diesen Verbrecher zur Rede zu stellen, ihm seine Vergangenheit und Untaten öffentlich an den Kopf zu werfen? Weil er Angst gehabt hatte, der Dreckskerl könnte sich rächen? Jedenfalls wäre garantiert alles anders gekommen, hätte er sich getraut und etwas mehr Courage gezeigt, wie Seiffert verlangt hatte. Oder warum hatte er Seiffert nicht stärker gedrängt, dieses verdammte Dorf zu verlassen? Sie hatten doch beide gewusst, wozu dieser Mann fähig war. Und sicher war auch sein eigener Auftritt nach Seifferts Verschwinden mit schuld daran, dass Marlene Hofbauer Leitner ebenfalls zum Opfer gefallen war.

Fehler über Fehler!

Und kein Ende in Sicht.

Denn falls Leitner am Ende auch noch hinter dem Verschwinden von diesem Studenten und dem Scherenschleifer und dessen Frau steckte, würde es nur eine Frage der Zeit sein, bis er wieder zuschlug. Bis er wieder irgendeinen ahnungslosen Wanderer in seine Gewalt brachte und aus reiner Mordlust umbrachte. Und niemand konnte ihn stoppen.

Es sei denn …

Mehringer zögerte, die plötzlich in seinem Kopf aufgeflammte Idee weiterzudenken.

Doch nun war sie da und er wusste, dass sie ihn niemals wieder verlassen würde. So wie Haberlander noch heute, zehn Jahre nach der Mordserie in der Gemeinde Kammer, von der Frage geplagt wurde, ob er nicht Selbstjustiz hätte üben sollen.

War dies vielleicht die schwere Prüfung, von der die alte Zigeunerin gesprochen hatte?

Eine Prüfung, bei der ihm nichts anderes übrigbleiben würde, als die Sache selbst in die Hand zu nehmen? Einen Weg zu finden, wie er Leitner aus dem Verkehr ziehen konnte? Jetzt endlich das Richtige tun? Und zwar nicht aus Rache, beruhigte er sich, sondern aus Notwehr?

Aber wie?

Und was war mit diesem Polen?

Schrittgeräusche schreckten ihn auf. Er stand abrupt auf, erstaunt darüber, wie dämmrig es draußen inzwischen geworden war. War er etwa eingenickt? Er trat ins Freie hinaus, wo hinter seinem Motorrad ein junges Paar Hand in Hand stand und ihn neugierig ansah. Er murmelte einen Gruß und schloss die Tür hinter sich.

»Tolle Maschine, die Sie da haben«, sagte der Mann.

»Danke.«

»Was bringt die so, wenn ich fragen darf?«

»Das Modell hier hat dreißig PS und wenn ich voll aufdrehe, komme ich damit auf knapp 150 Stundenkilometer.«

»Puh ...« Der Mann verzog anerkennend das Gesicht und sagte zu seiner Begleiterin: »Das wäre doch was, hm?«

»Ja, aber ohne mich.«

Der Mann deutete zur Kapelle: »Haben Sie in dem Buch da drin gelesen, warum die Kapelle hier steht?«

»Habe ich. Wieso?«

Der Mann lachte. »Weil's auch eine andere Erklärung dafür gibt.«

»Tatsächlich?«

»Ja. Wollen Sie die Geschichte hören?«

»Unbedingt.«

»Na ja, so viel ich von meinem Großvater gehört habe, war die Stelle hier schon immer ein Treffpunkt für junge Leute aus der Umgebung. Warum, weiß keiner mehr. Aber dass so was den geistlichen Herren in Waging nicht gepasst hat, können Sie sich vorstellen. Also haben sie vor gut sechzig Jahren beschlossen, die Kapelle zu errichten.«

»Quasi zur Abschreckung?«

»Genau.« Der Mann lachte erneut, während er seine Begleiterin an sich drückte. »Hat aber nicht viel geholfen ...«

»Freut mich für Sie. Also dann, noch einen schönen Abend.«

Mehringer stieg auf die Horex und fuhr los.

35

Möglich wäre es, dachte Mehringer, während er vom Hochsitz wieder herabstieg und dabei erneut jede Leitersprosse auf ihre Festigkeit hin prüfte. Aber doch sehr unsicher. Denn so viel Glück, dass sich beim Sturz ein Schuss aus Leitners Gewehr löste und den Mann tödlich verletzte, würde er nicht haben. Wenn der Kerl sich dabei nur ein Bein brach anstatt das Genick, würde er sofort wissen, wer dahintersteckte. Und vermutlich nicht lange zögern, um zurückzuschlagen. Von der Möglichkeit, dass auch andere auf den Hochsitz kletterten und dadurch in Gefahr gerieten, ganz zu schweigen. Nein, den Hochsitz konnte er abhaken.

Unten angekommen, legte er Rucksack und Fernglas ab, setzte sich ins Gras und versuchte, auf andere Gedanken zu kommen. Er ließ seinen Blick über den bereits herbstlich gefärbten Bergwald schweifen, genoss die milde Brise des Föhns, die über seinen Kopf strich. Was für eine Idylle! Nur schade, dass wieder einmal ein Sonntag verstrichen war, den er nicht gemeinsam mit Gerda verbracht hatte und der folglich mit einem Streit ausklingen würde. Aber was sollte er machen? Seine Absicht, die Welt von diesem Mann zu erlösen, wieder fallen lassen? Eine Absicht – oder eher eine Verrücktheit –, die er ohnehin niemals für möglich gehalten hätte.

Wenn er wenigstens jemanden gehabt hätte, dem er sich anvertrauen konnte. Einen Mann wie Seiffert. Oder eine tapfere Frau wie diese Marlene Hofbauer, die noch wochenlang nach Seifferts Verschwinden versucht hatte, Suchtrupps auf die Beine zu stellen – und Leitner damit vielleicht so auf die Nerven gefallen war, dass er umso eifriger ihren grässlichen Tod arrangiert hatte.

Er wollte gerade nach seinem Rucksack greifen, in dem er neben seiner Pistole auch ein Butterbrot und eine Flasche Wasser mitführte, als er am Waldrand links von sich eine Bewegung wahrnahm. Er griff sich rasch das Fernglas, und noch während er es scharf stellte, erkannte er, dass auch auf ihn ein Fernglas gerichtet war. Und dass das Gesicht dahinter kein unbekanntes war:

Josef Moser.

Sie starrten sich eine Weile an, bevor sie fast gleichzeitig die Ferngläser wieder senkten. Mehringer überdachte kurz die Lage: Er hatte Moser seit seinem letzten Besuch auf dem Hof nicht mehr gesehen, hatte von ihm nur telefonisch erfahren, dass er vorläufig nichts verkaufen, sondern nur verpachten wolle. Kühl und sachlich und mit keinem Wort erwähnend, was ihm Mehringer anvertraut hatte. Ganz so, als würde ihn das Ganze nicht mehr interessieren.

Moser rührte sich als Erster, winkte Mehringer zu und kam zwischen den Fichten hervor.

Nun erhob sich auch Mehringer, blieb aber am Hochsitz stehen und wartete, bis Moser bei ihm angekommen war, das Gesicht zu einem bemühten Lächeln verzogen.

»Was machen Sie denn hier, Herr Kommissar?«, fragte er.

»Das Gleiche könnte ich Sie fragen«, erwiderte Mehringer. »Ich dachte, Sie sind längst wieder in München.«

»Das war ich auch, jedenfalls die meiste Zeit.«

»Aber?«

»Na ja, es gab einiges am Hof zu erledigen.«

»Ihr Hof ist aber fast zehn Kilometer entfernt.«

»Na und? Traunstein liegt auch nicht gerade um die Ecke, oder?«

Ein unangenehmes Schweigen entstand, bis Mehringer sich aufraffte und fragte: »Sie verachten mich, richtig? Sie verachten mich, weil ich die ganze Mordserie einfach so hingenommen habe, wie es scheint. Weil ich den Leitner damals nicht mal verhaftet habe, geschweige denn, vor Gericht gebracht. Deswegen haben Sie sich auch nicht wieder gemeldet.«

»So, meinen Sie?«

»Ja, meine ich. Und jetzt sind Sie hier, weil Sie letzte Woche in der Zeitung gelesen haben, was mit der armen Marlene Hofbauer geschehen ist. Weil Sie glauben, dass ihr Tod kein Unfall war, sondern auf das Konto vom Leitner geht, der nach der Sache mit Seiffert ein neues Opfer gesucht hat, abartig wie er ist. Und das hat Sie in Erinnerung an die grausige Ermordung Ihrer Schwägerin und Ihres Bruders auf eine Idee gebracht. Also haben Sie Ihren hübschen Colt eingesteckt und überlegt, wie Sie dem Leitner das und alles andere heimzahlen können. Und da Sie das schlecht in Beching erledigen können, sind Sie jetzt dabei, die Gegend auszukundschaften, um ihn bei einem seiner Jagdausflüge zu erwischen und abzuknallen.«

»Woher weiß ich denn, dass er auch Jäger ist?«

»Weil ich Ihnen bestimmt davon erzählt habe.«

Moser nestelte an seinem Fernglas herum und deutete dann auf Mehringers Rucksack. »Könnte es sein, dass Sie da drin eine kleine Säge mitführen, oder was machen Sie sonst hier draußen, Herr … Kommissar?«

Mehringer zuckte mit den Schultern. Fragte sich, wie viel er Moser gegenüber preisgeben sollte. Dass sie beide dasselbe im Sinn hatten, war offensichtlich. Aber es auszusprechen, eine ganz andere Sache.

»Beim Rauchen im Bett eingeschlafen!«, sagte Moser unvermutet. »Und Sie haben wirklich nichts Verdächtiges gefunden in diesem Fall?«

Mehringer schüttelte den Kopf. »Ich hab den Fall gar nicht bearbeitet. Hatte an dem Tag infolge einer schlimmen Erkältung an die vierzig Grad Fieber. Vielleicht zum Glück, weil ich nicht weiß, wie ich reagiert hätte, wenn ich den Leitner dabei getroffen hätte.«

»Aber warum eigentlich?«, sagte Moser. »Ich meine, das mit der Herta war schon schlimm genug, aber wieso diese Frau, die mit dem Ganzen doch nichts zu tun hatte?«

»Ich fürchte, er wollte mich provozieren damit. Sich rächen für meinen Auftritt damals, nachdem Seiffert verschwunden war. Weil ich seinen Knecht verprügelt habe ...«

Mehringer stockte und verzog das Gesicht zu einer Grimasse aus Trauer und Schmerz.

Moser drückte ihm voller Mitgefühl die Schulter und sagte für eine Weile nichts.

Schon seltsam, dachte Mehringer, noch vor wenigen Minuten hatte er sich gewünscht, er könnte sich mit jemandem aussprechen, und nun stand er hier und wusste nicht, wie vertrauensvoll er sein durfte. Reichte es aus, dass er mit dem Mann bislang gut zurechtgekommen war und sich in seiner Gesellschaft, soweit die Umstände dies zugelassen hatten, durchaus wohl gefühlt hatte?

»Vielleicht sollten wir langsam aufbrechen und verschwinden, bevor noch ein gewisser Herr auftaucht«, sagte Moser.

Mehringer nickte. »Gute Idee.« Er hängte sich Rucksack und Fernglas um, und sie marschierten los.

»Ziemlich verzwickte Situation, was, Herr Kommissar?«, sagte Moser, nachdem sie die Lichtung hinter sich gelassen hatten und durch den dichten Fichtenwald bergab gingen.

»Kann man wohl sagen.«

»Dass Sie ähnlich wie ich empfinden, weiß ich. Allerdings hätte ich nie gedacht, dass Sie so weit gehen würden.«

»Ich hab mich nur umgesehen, nichts weiter.«

»Und, was wollen Sie jetzt unternehmen, nachdem Sie mich quasi bei der Planung zu … einem Mord erwischt haben?«

»Gute Frage.«

»Ist das alles, was Ihnen dazu einfällt?«

»Nun, ich müsste Ihnen eigentlich ins Gewissen reden, es bleiben zu lassen.«

»Ein bisschen schwach, finde ich.«

»So! Was würden Sie denn gerne hören?«

»Einiges. Zum Beispiel, wie Sie vorgehen würden, wenn dieser Dreckskerl von Leitner demnächst erschossen aufgefunden wird, meinetwegen da oben bei seinem Hochsitz?«

»Nun, als Erstes würde ich auf einen Wilderer oder Schmuggler tippen, dem er in die Quere gekommen ist. Und wenn dabei nichts herauskommt, würde ich mich fragen, wer sonst noch einen Grund gehabt haben könnte beziehungsweise von dem Mord profitiert. Das heißt, ich würde mich auf die Leute konzentrieren, mit denen er Geschäfte gemacht und die er dabei vielleicht übers Ohr gehauen hat.«

»Klingt logisch. Und dann?«

»Müsste ich den Fall irgendwann zu den Akten legen, fürchte ich.«

»Also könnte ich damit durchkommen …?«

Mehringer schüttelte den Kopf. »Sie wissen ja gar nicht, was Sie da von mir verlangen.«

Moser blieb abrupt stehen, packte Mehringer an der Schulter und rief mit aufgebrachter Stimme: »Der Mann hat die beiden mir am nächsten stehenden Menschen auf grausamste

Weise umgebracht, und einen Reporter dazu, der Ihnen vertraut hat. Und jetzt noch diese Frau, die mit alldem nichts zu tun hatte. Wie lange wollen Sie denn noch warten?«

Für einen Moment war Mehringer versucht, dem Mann zuzusichern, dass er ihm freie Hand ließ. Darauf zu vertrauen, dass er es schaffte, Leitner zu erschießen, ohne sich dabei zu verraten. Aber wie konnte er einem Mann vertrauen, der ihm zwar sympathisch war und angeblich gegen die Nazis und gegen den Krieg gewesen war, aber trotzdem Panzer gebaut hatte? Einem Mann, der vielleicht mit der Frau seines Bruders geschlafen hatte? Einem Mann, der letztlich immer noch ein Fremder für ihn war?

»Es gäbe da noch ein weiteres Problem«, sagte er, sowie sie einen steilen Abhang überwunden hatten und sich dem Waldrand näherten.

»Und das wäre?«

»Der Pole, dieser Janek.«

»Was ist mit dem?«

»Der wüsste doch sofort, was gespielt wird, und käme am Ende auf die Idee, seinen Herrn zu rächen.«

»Oh ... Glauben Sie wirklich?«

»Allerdings. Ich meine, wenn er schlau ist, würde er sich baldmöglichst aus dem Staub machen, bevor er selbst dran glauben muss. Könnte aber auch sein, dass er ähnlich pervers veranlagt ist wie Leitner und auf mich losgeht. Oder auf meine Familie. Vielleicht nicht sofort, aber irgendwann. Und schon allein deswegen funktioniert Ihr Plan nicht.«

Moser räusperte sich. »Tut mir leid, aber daran habe ich nicht gedacht.«

Eben, dachte Mehringer grimmig.

»Das heißt dann wohl, dass aus der Sache nichts wird«, sagte Moser.

Mehringer wählte seine Worte mit Bedacht. »Das heißt, dass man beide erwischen müsste. Und zwar möglichst gleichzeitig«, sagte er schließlich, einen Fall vor Augen, der sich gleich zu Beginn seiner Dienstzeit in der Nähe von Teisendorf ereignet hatte.

»Und wie?«

»Weiß ich noch nicht. Könnte aber sein, dass Sie mir dafür Ihre Pistole überlassen müssten.«

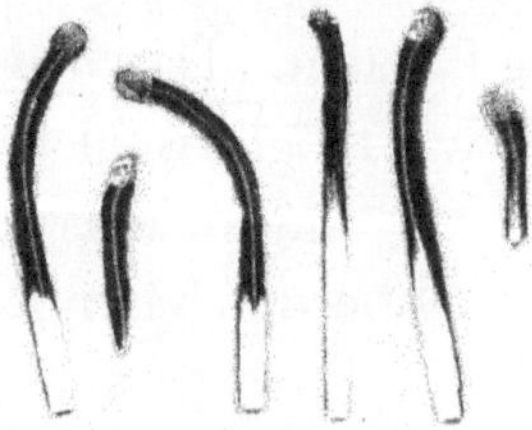

36

»Du hast eine andere kennengelernt!«

»Nein, ich ...«

Mehringer fehlten für einen Moment die Worte. Er hatte eigentlich erwartet, dass Gerda ihm vorwerfen würde, was sie wohl seit Beginn ihrer Beziehung befürchtete: Dass er irgendwann dem Druck seiner Familie nachgeben und sich von ihr trennen würde.

Aber eine andere Frau?

Mehringer schüttelte vehement den Kopf und sagte mit eindringlicher Stimme. »Nein, habe ich nicht, ich schwör's dir. Wie kommst du auf die Idee?«

»Und warum willst du dann ausziehen?«

»Mein Gott, wie soll ich dir das erklären ...«

Mehringer stieß einen Seufzer aus.

»Du weißt doch, dass mein Vater immer dagegen war, dass ich zur Polizei gehe. Dass er meinte, ich sei für diesen Beruf nicht geeignet. Und so langsam glaube ich auch, dass er recht damit hatte. Nimm zum Beispiel diesen armen Teufel von Holzfäller, den ich nicht davon abhalten konnte, Selbstmord zu begehen.«

»Armer Teufel? Der Kerl war ein Doppelmörder.«

»Vielleicht. Vielleicht aber auch nicht und wir haben den Falschen in den Tod getrieben.«

Gerda sagte nichts.

»Oder denk an diesen Frankfurter Journalisten, der vielleicht doch einem Verbrechen zum Opfer gefallen ist, auch wenn alle von einem Unfall ausgehen.«

»Und was hat das alles jetzt mit mir zu tun?«

»Weil ich schon seit Tagen überlege, ob ich nicht etwas anderes machen soll. Ich könnte zum Beispiel als Rechtsanwalt arbeiten. Oder zur Staatsanwaltschaft gehen. Die suchen dringend Leute, wie ich weiß.«

»Dann überleg doch. Ich meine, was ist daran denn so kompliziert?«

»Eigentlich gar nichts. Aber nachdem meine Zukunft davon abhängt, möchte ich die Sache in aller Ruhe entscheiden. Allein mit mir. Das ist alles.«

»Und das heißt?«

»Dass ich vorübergehend ausziehe und für ein paar Wochen irgendwo ein Zimmer miete. Möglichst klein und billig.«

»Aber groß genug für ein Bett für zwei ...«

»Nein, eben nicht. Ich sag doch, es steckt keine andere Frau dahinter. Warum auch? Besser als mit dir hätte ich es nicht treffen können. Und deswegen möchte ich auch, dass wir uns weiter sehen, mal ins Kino gehen oder einen Ausflug machen.«

»Und dann?«

»Dann machen wir wie gewohnt weiter. Vielleicht finde ich sogar eine größere Wohnung für uns drei. Dann hätte Sonja endlich ein richtiges eigenes Zimmer und nicht so eine winzige Kammer wie jetzt.«

Gerda sagte nichts.

Mehringer hob beschwörend die Hände. »Bitte, Gerda. Nur ein paar Wochen. Mehr verlange ich gar nicht.«

Gerda lächelte böse. »Mit dir alleine sein! Etwas Besseres ist dir nicht eingefallen?«

»Nein. Ich meine, es ist einfach die Wahrheit ...« Mehringer zuckte verlegen mit den Schultern. Er wusste selbst, wie lahm seine Erklärung klang und welches Risiko er damit einging. Aber er wollte Gerda nicht verlieren, wollte es lieber darauf ankommen lassen, dass sie mitspielte und keinen Verdacht schöpfte. Denn um seinen Plan zu verfolgen, brauchte er freie Hand. Niemand durfte wissen, was er mit seiner freien Zeit anfing, ob er nachts zuhause war oder nicht. Es würde ohnehin schwierig genug werden, auch in Bezug auf seine Kollegen, die ebenfalls nicht misstrauisch werden durften. Von der Tatsache, dass die Aktion sein Leben zerstören konnte, ganz abgesehen. Aber er musste jetzt da durch, ohne Rücksicht auf Verluste.

»Und wann willst du ausziehen?«, fragte Gerda, unversehens ganz neutral.

»Wenn es dir recht ist, am Wochenende. Ich hab nämlich schon was in Aussicht.«

»Und was ich dazu sage, spielt keine Rolle.«

»Doch, natürlich. Aber ...«

Mehringer stockte, wusste nicht weiter. »Vertrau mir einfach«, sagte er schließlich.

Nach einem angespannten Schweigen stand Gerda wortlos auf, ging ins Schlafzimmer und warf die Tür hinter sich zu. Mehringer blieb am Küchentisch sitzen und fühlte sich elend. Zumal er gerade jetzt Rückhalt gebraucht hätte, eine Person, die hinter ihm stand und nicht an ihm zweifelte.

Hör auf, dich zu bemitleiden, sagte er sich dann. Was bedeutete dieses Zerwürfnis schon im Vergleich zu dem, was all die Menschen erlitten hatten, die Leitner in die Hände gefallen waren!

All die Toten.

Nein, er hatte keine andere Wahl. Nicht, wenn er jemals wieder frei atmen wollte.

Er leerte seine Tasse Kaffee, unschlüssig, ob er gehen oder im Schlafzimmer weiter auf Gerda einreden sollte. Doch er hatte sich kaum erhoben, da öffnete sich die Tür und Gerda stand da, seinen Koffer in der Hand. Sie ließ den Koffer vor seine Füße fallen und sagte: »Den Rest kannst du morgen Vormittag holen, wenn ich nicht da bin. Den Hausschlüssel hängst du einfach an den Haken.«

»Gerda, ich ...«

»Du kannst inzwischen ja bei deinen Eltern wohnen«, schnitt sie ihm das Wort ab. »Die werden sich bestimmt freuen, wenn der verlorene Sohn wieder nach Hause kommt.«

»Gerda, bitte ...«

»Geh einfach. Aber glaub nicht, dass du mich noch einmal rumkriegst.«

»Bitte. Ich ...«

Mehringer verstummte.

Gerda sagte nichts. Starrte ihn nur an, Tränen in den Augen. Doch mit entschlossener Haltung. Mehringer zögerte kurz, der Griff nach dem Koffer fiel ihm unendlich schwer.

»Also dann«, sagte er leise.

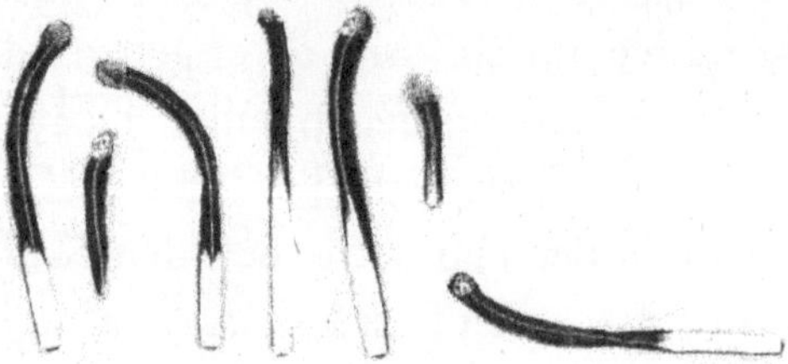

37

An den Stamm der mächtigen Fichte gelehnt, die ihm seit gut zwei Stunden als Schutz vor der nasskalten Witterung diente, saß Mehringer da und schaute zu, wie der Regen sich allmählich in Schnee verwandelte. Dicke, schwere Flocken gingen auf der Straße nieder und erschwerten ihm die Sicht zu Moser, der auf der anderen Seite hockte und eine Zigarette nach der anderen rauchte, wie das ständige Aufflackern des Feuerzeugs anzeigte.

Hoffentlich verliert er nicht die Nerven, dachte Mehringer. Immerhin war es kaltblütiger Mord, was sie da vorhatten. Auch wenn sie glaubten, alles Recht dazu zu haben. Andererseits hatte der Mann gute Vorarbeit geleistet und so innerhalb weniger Wochen herausgefunden, dass Leitner und der Pole fast jeden Samstagabend in Traunstein verbrachten. Leitner in einem Tanzlokal an der Maximilianstraße, wo er sich mit diversen Frauen vergnügte, während der Pole durch die zahlreichen Gasthäuser der Stadt streifte und sich volllaufen ließ. Spätnachts dann fuhren sie zurück nach Beching, mit Leitner am Steuer.

Entsprechend einfach und naheliegend war der Plan, den sie ausgeheckt hatten. Und in dieser Nacht war es endlich so weit: Moser hatte sich davon überzeugt, dass die beiden trotz des heftigen Regenwetters in Traunstein eingetroffen waren, und war dann auf seinen Hof zurückgekehrt, wo Mehringer bereits auf ihn gewartet hatte.

Mehringer fröstelte immer mehr. Die weit ausladenden Äste der Fichte boten zwar Schutz nach oben, aber nicht gegen die Kälte und Feuchtigkeit ringsum. Er zog sich die Kapuze seines Anoraks tiefer in die Stirn und versuchte, weiter die Augen offenzuhalten. Der knapp zweistündige Fußmarsch hierher und das mittlerweile ebenso lange Warten machten ihm langsam zu schaffen. Hinzu kam die Sorge, ob die verbliebenen fünf Patronen aus Mosers 45er Colt auch reichen würden, nachdem er zwei zu Übungszwecken in Mosers Scheune verschossen hatte.

Gegenüber blitzte es erneut auf. Mehringer zog seine Handschuhe aus und griff nach der Thermoskanne mit Kaffee, die in seinem Rucksack steckte. Er trank einen halben Becher davon und verstaute die Kanne wieder im Rucksack. Ein Blick auf die Uhr sagte ihm, dass es bereits halb vier Uhr morgens war. Würden die zwei bei diesem Schneetreiben überhaupt zurückfahren? Nicht zwingend, denn wie Moser ebenfalls in Erfahrung gebracht hatte, gab es über dem Tanzlokal ein paar Zimmer, die von Stammgästen, die eine Eroberung gemacht hatten, genutzt werden konnten. Und bestimmt würde es dort auch eine Art Abstellkammer geben, in der der Pole seinen Rausch ausschlafen konnte.

Wenn sie bis fünf nicht auftauchen, müssen wir abbrechen, dachte Mehringer verbittert. Denn bevor es hell wurde, mussten sie zurück auf dem Moser-Hof sein. Von dort würde ihn Moser dann im Laufe des Tages nach Traunstein fahren, wo er den Rest des Sonntags in seiner schäbigen Wohnung in der Scheibenstraße verbringen würde.

Motorengeräusch aus der Ferne schreckte ihn auf.

Es war so weit!

Er sprang auf, schulterte den Rucksack und trat auf die Straße hinaus.

Scheinwerferlicht drang bereits durch die Dunkelheit.

Er steckte beide Hände in die Taschen seines Anoraks, zog den Kopf ein und marschierte los. Tat so, als würde er sich auf dem Weg nach Beching befinden, ein einsamer Wanderer in einer Winternacht, bei dessen Anblick nicht Misstrauen, sondern Neugierde aufkommen sollte.

Er hielt sich mitten auf der schmalen Straße, so dass Leitner auf jeden Fall abbremsen musste, es sei denn, er entschied, Mehringer einfach über den Haufen zu fahren. Was er hoffentlich bleiben ließ.

Schon im Scheinwerferlicht gebadet, hörte Mehringer hinter sich die Hupe ertönen. Er blieb stehen, drehte sich um und tat so, als wischte er sich mit der linken Hand die Feuchtigkeit aus dem Gesicht. Zwei, drei Sekunden später stoppte der Mercedes vor ihm.

Mehringer trat an die Fahrertür, riss den Colt aus der Anoraktasche und stieß die Mündung gegen die Autoscheibe, hinter der Leitners Gesicht verschwommen zu erkennen war.

Er drückte zweimal ab.

Die Scheibe zersprang, und Leitners Kopf verschwand hinter dem Splitterregen.

Fast gleichzeitig setzte sich der Mercedes wieder in Bewegung, schmierte aber schon nach wenigen Metern nach links ab und kollidierte mit einer Fichte.

Der Motor erstarb.

Für eine kleine Ewigkeit herrschte Stille.

Mehringer blickte nach rechts, wo Moser aus seiner Deckung gekommen war, die schwere Axt, die er als Waffe gewählt hatte, fest in den erhobenen Händen.

Gleich darauf wurde die Beifahrertür des Mercedes aufgestoßen und der Pole taumelte ins Freie. Sichtlich angeschlagen. Doch wie schwer verletzt er war, konnte Mehringer nicht erkennen. Er sah nur, wie Moser mit der Axt ausholte, bevor er sich schnell wieder der Fahrertür zuwandte und sie mit vorgehaltener Waffe öffnete.

Leitner saß noch aufrecht auf seinem Sitz und hielt sich mit der rechten Hand den Hals, wo das Blut aus seiner durchschossenen Kehle nur so heraussprudelte. Sein Atem war nur noch ein elendes Röcheln. Nicht mehr lange und er würde an seinem eigenen Blut ersticken.

Mehringer schob die Kapuze seines Anoraks zurück.

Ihre Blicke trafen sich.

In Leitners Augen blitzte Erkennen auf.

Obwohl ihm davor ekelte, beugte sich Mehringer vor und suchte in Leitners Ledermantel nach dessen Brieftasche. Er fand sie, steckte sie ein und riss ihm zum Schluss noch die goldene Armbanduhr vom linken Handgelenk. Dann trat er zurück, nahm den Colt in beide Hände und war für einen Moment versucht, nicht hinzuschauen. Doch dann tauchte vor seinem geistigen Auge die Szene vor Leitners Haustür auf, hörte er wieder die hämischen Worte, die dieser Verbrecher über Seifferts Verschwinden verloren hatte. Wieder mit Blickkontakt zielte er auf einen Punkt knapp oberhalb von Leitners Nasenwurzel und drückte ab.

Ohne auf das Ergebnis zu achten, wandte er sich ab und erschrak zu Tode.

Statt wie erwartet den Polen auf dem Boden liegen zu sehen, gefällt von Mosers Axthieben, wie es ihr Plan vorgesehen hatte, kämpften die beiden Männer erbittert um die Axt, die Moser noch immer am Stielende umklammert hielt, während der Pole sie unterhalb der Klinge gepackt hatte und daran zerrte.

Mehringer hob die Pistole an, zögerte aber.

Zu dicht standen sich die beiden gegenüber, wankten keuchend hin und her und drehten sich dabei auch noch im Kreis.

Keine Chance, einen sicheren Schuss abzugeben.

Mehringer trat ein, zwei Schritte auf die beiden zu, noch immer unentschieden, was er tun sollte.

Dieser verdammte Pole!

Hatte Moser ihn verfehlt? Oder war er im letzten Moment davor zurückgeschreckt, ihm die Axt in die Brust zu schlagen?

Da versetzte der Pole Moser einen brutalen Kopfstoß mitten ins Gesicht und stieß ihn dann mit einer einzigen flüssigen Bewegung in Richtung Mehringer.

Mehringer versuchte noch auszuweichen, doch zu spät. Der Aufprall von Mosers Körper brachte auch ihn zu Fall, und während er noch panikartig den Colt wieder in Schussposition brachte, stand der Pole auch schon mit erhobener Axt über ihm.

Mehringer drückte ab.

Schoss ihm zweimal auf Höhe der Gürtellinie in den Bauch.

Der Pole stand weiterhin aufrecht da, während die Klinge der Axt über Mehringers Unterleib schwebte.

Mehringer stockte der Atem.

Dann kippte der Pole nach vorne, die Axt noch immer in den Händen. Die Klinge sauste herab. Direkt auf Mehringers linken Oberschenkel zu. Doch sie streifte ihn nur und bohrte sich stattdessen in den Straßenbelag.

Halb begraben unter dem Polen, stieß Mehringer den leblosen Körper zur Seite und kniete sich schwer atmend und völlig durchgeschwitzt hin. Noch immer zitternd vor Anspannung, legte er den Colt weg und inspizierte die Verletzung an seinem Bein. Der Stoff der Hose hing in Fetzen, doch als er die Hand zurückzog, war kaum Blut daran zu sehen. Haarscharf daneben! Er atmete erleichtert auf und blickte sich nach Moser um, der inzwischen wieder auf die Beine gekommen war. Leicht schwankend zwar und mit einem Taschentuch in der Hand, mit dem er sich das Blut von der Oberlippe notdürftig abwischte.

»Ist es schlimm?«, fragte Mehringer.

»Geht so«, nuschelte Moser.

Mehringer nickte.

»Das war knapp.«

Mehringer verzichtete auf eine Antwort. Stattdessen steckte er den Colt wieder ein, erhob sich und blickte sich nach den beiden Patronenhülsen um. Er fand nur eine, bis er den Körper des Polen mit dem Fuß zur Seite schubste und die zweite entdeckte, halb im Straßenbelag vergraben. Er steckte beide ein und holte seine Taschenlampe aus dem Rucksack. Dann ging er zurück zum Mercedes, leuchtete den Boden ab und klaubte die restlichen drei Hülsen auf. Nach einem letzten Blick auf Leitners blutverschmierte Stirn, die nun auf dem Lenkrad ruhte, während das Blut aus seiner Halswunde weiter zu Boden tropfte, kehrte er um – und stockte erneut.

Konnte nur noch zusehen, wie Moser die Axt herabsausen ließ und auf das Genick des Polen einhackte, ganz offensichtlich in der Absicht, ihm den Kopf abzuschlagen.

»Er hat plötzlich angefangen zu stöhnen«, sagte Moser schwer atmend, die Augen weit aufgerissen. »Hätte mich auch gewundert«, keuchte er weiter, »wenn bei dem Schwein zwei Kugeln gereicht hätten.«

»Stimmt«, erwiderte Mehringer und staunte über die Ruhe, die ihn plötzlich erfasste.

Sie hatten es geschafft. Und waren selbst ungeschoren davongekommen. Im Vergleich dazu sollte der Rest ein Kinderspiel sein. Das hoffte er jedenfalls.

»Dann sollten wir uns langsam auf den Weg machen.«

Moser nickte, holte seinen Rucksack unter den Bäumen hervor, verstaute die Axt darin. Gleich darauf marschierten sie los, zu Tode erschöpft und voller grimmiger Glücksgefühle.

38

Dass Leitners Beerdigung ein Riesenereignis sein würde, war Mehringer klar gewesen. Aber so einen Auflauf hatte er nicht erwartet.

Wie es schien, war trotz der eisigen Kälte und der schlecht geräumten Straßen und Wege die gesamte Bauernschaft des südlichen Landkreises nach Beching gepilgert, um dabei zu sein. Wenn die wüssten, wem sie da die letzte Ehre erweisen, dachte er mit einer Mischung aus Verbitterung und Genugtuung, während er sich durch die Menschenmenge auf dem Dorfplatz drängte.

Beim Gasthaus Alpenrose angekommen, gesellte er sich zu Ziegler und dessen Berichterstatter Johannes Kienast, die vom Eingang aus das Treiben beobachteten.

»Hätte ich mir fast denken können, dass Sie auch kommen, Herr Kommissar«, sagte Ziegler.

Mehringer nickte und wollte von Kienast wissen: »Hat sich in den letzten Tagen etwas getan, das ich wissen sollte?«

»Eigentlich nicht. Es waren nur noch mehr Reporter da, einer sogar aus Hamburg. Aber sonst … Die Leute warten halt darauf, dass Sie Erfolg haben, Herr Kommissar.«

»Wir tun, was wir können …«

»Schlimm ist es vor allem für den Tourismus. Da macht doch keiner mehr Urlaub hier. ›Mörderischer Chiemgau‹ hat ein Münchner Kollege seinen Bericht betitelt.«

»Das ist natürlich ärgerlich. Übrigens, was ich Ihnen schon längst mal sagen wollte: Das mit Ihrer Kollegin Frau Hofbauer tut mir sehr leid. Ich hatte zwar nur kurz mit ihr zu tun, aber ich glaube, sie war eine bemerkenswerte Person.«

»Auf jeden Fall. Aber bei der Untersuchung dieses Falls waren Sie nicht dabei, soweit ich mich erinnere.«

»Nein. Ich war zu der Zeit im Krankenstand ...«

»Na ja, es hat uns alle jedenfalls sehr getroffen. Auch wenn es fast so kommen musste.«

»Wie meinen Sie das?«

»Sie war einfach nicht mehr die Alte, nachdem dieser Journalist spurlos verschwunden war. Erst hat sie sich noch wochenlang bemüht, Leute aufzutreiben, die nach ihm suchen, aber dann hat sie angefangen zu trinken. Und zwar wesentlich mehr, als sie verkraften konnte. Was sich natürlich auch auf ihren Unterricht ausgewirkt hat. Jedenfalls, recht viel länger wäre es nicht mehr gut gegangen.«

»Gab es denn niemanden, der ihr hätte beistehen können?«

Kienast deutete zum Friedhof hinüber, an dessen Eingang sich die Trauergäste stauten.

»Der Herbert und seine Frau hätten sich gern um sie gekümmert, aber von dem wollte sie nichts mehr wissen. Weil sie gemeint hat, dass er zu früh mit der Suche aufgehört hätte. Aber bei dem Sturm damals ...«

Mehringer nickte gedankenverloren. Auch so ein Umstand, der Leitner in die Hände gespielt hatte. Alle hatten plötzlich andere Sorgen gehabt, als sich um einen vermissten Fremden zu kümmern.

»Also dann, die Herren«, sagte Kienast. »Wir sehen uns später.«

Kienast verschwand in der Menge.

»Ich hab ja schon manche Beerdigung miterlebt«, sagte Ziegler nach einer Weile, »aber das hier übertrifft alles. Gut, dass Sie keiner kennt, sonst müssten Sie eine Menge Fragen beantworten.«

Mehringer brummte eine Bestätigung.

»Halten Sie es eigentlich für möglich, dass die Täter auch hier sind?«, fragte Ziegler unvermutet. »So wie es heißt, dass es den Täter immer wieder zum Tatort zurücktreibt?«

»Ja, möglich wäre es.«

Ziegler holte einen Flachmann aus seiner Mantelinnentasche und genehmigte sich einen kräftigen Schluck. »Sie auch?«, fragte er.

Mehringer schüttelte nur den Kopf.

»Hm, ich weiß ja, dass Sie sich an das halten müssen, was die Spuren hergeben«, sagte Ziegler dann, »aber glauben Sie immer noch, dass dies nur ein Raubüberfall war, der aus dem Ruder gelaufen ist, wie Sie seit Ihrer ersten Pressekonferenz behaupten?«

»Wenn Sie eine bessere Theorie haben, nur her damit.«

»Das nicht gerade, aber …«

»Ich weiß auch nicht, was in den Köpfen solcher Verbrecher vor sich geht. Vielleicht wollten sie einfach nur absolut sichergehen. Oder sind in eine Art Blutrausch geraten, so wie der Kreuzeder damals. Bei dem hätte es doch auch gereicht, wenn er die Frau nur erstochen oder erwürgt hätte. Aber was ist passiert: Er hat ein verdammtes Massaker angerichtet. Warum sollte das bei einem Raubüberfall nicht genauso sein?« Mehringer schämte sich, Kreuzeder derart schlecht zu reden, aber was sollte er machen? Er musste weiter von sich ablenken.

»Da haben Sie auch wieder recht«, sagte Ziegler. »Trotzdem, wenn man das Ganze in Zusammenhang mit diesem verschwundenen Journalisten bringt, könnte vielleicht eine ganz andere Geschichte dahinterstecken. Ich meine, vielleicht war dieser Seiffert hinter einer großen Sache her und wurde deshalb zum Schweigen gebracht. Genauso wie jetzt der Leitner.«

»Eine große Sache? Hier in der Gegend? Wo sich Fuchs und Hase gute Nacht sagen?«

»Warum nicht?«

»Ein bisschen weit hergeholt, finden Sie nicht?«

»Kann schon sein.«

»Und dieser Sache würden Sie jetzt gerne auf die Spur kommen, oder wie?«

Ziegler lachte. »Würde ich gern, ja. Aber nur, wenn ich lebensmüde wäre. Und das bin ich nicht. Ich bin nur ein kleiner Provinzjournalist mit Familie, der später mal seine Rente genießen möchte.«

Mehringer atmete auf.

Nachforschungen von Ziegler hätten ihm gerade noch gefehlt. Er fühlte sich ohnehin schon mies genug, weil er ihn ständig anlügen musste. Also umso besser, dass der Mann keine Ambitionen hatte, Detektiv zu spielen. Richtig Sorge bereitete ihm dagegen das für Montag angekündigte Eintreffen etlicher Spezialisten vom Landeskriminalamt. Die würden vermutlich schnell feststellen, dass seine Raubmord-Theorie auf ziemlich wackligen Füßen stand und sich vielleicht fragen, ob er damit etwas vertuschen wollte. Schön, damit könnte er leben, auch wenn schlimmstenfalls seine Karriere bei der Polizei damit beendet wäre. Aber konnte er wirklich sicher sein, in jener Nacht und später als Ermittler am Tatort keinen Fehler begangen zu haben?

Mehringer stieß einen Seufzer aus.

Aber gut, da musste er jetzt durch. Hauptsache, Josef Moser hielt still und schaffte es, sein früheres Leben wieder aufzunehmen.

Ziegler klopfte Mehringer begütigend auf die Schulter. »Wie dem auch sei, Sie kriegen das schon hin. Trotzdem möchte ich nicht in Ihrer Haut stecken, sollten Sie diesen Mordbuben jemals gegenüberstehen.«

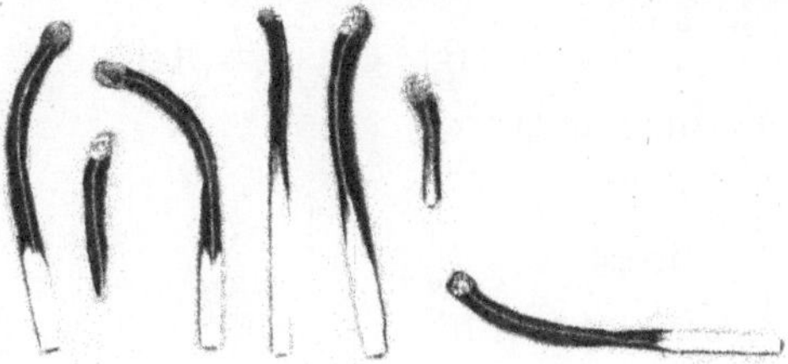

39

In Marquartstein angekommen, lenkte Mehringer den Opel nach den ersten paar Häusern in eine Hofeinfahrt und stellte den Motor ab. Dann stieg er aus und tat so, als müsse er am Heck des Wagens etwas überprüfen. Dabei behielt er die Straße im Blick und achtete darauf, welche Fahrzeuge aus Richtung Traunstein vorbeikamen. Es waren nur zwei in den knapp fünf Minuten, die er wartete: der Lastwagen einer Speditionsfirma und ein Opel Kapitän mit Kindern auf der Rückbank.

Beruhigt stieg er wieder ein und fuhr weiter, passierte Unterwössen und schlitterte schließlich den Hohlweg hinab, der zum Moser-Hof führte. Er hatte kaum hinter Mosers VW Käfer geparkt, als der Mann aus der Scheune kam und ihm zuwinkte.

Mehringer stieg aus und blickte sich um. Dachte daran, wie er vor einem halben Jahr zum ersten Mal hierhergekommen war, auf alles gefasst und doch völlig ahnungslos, was für ein Erdbeben der Fall auslösen würde. Und jetzt? War nun wirklich alles vorbei oder lauerte noch irgendwo eine böse Überraschung?

Moser blieb vor ihm stehen und rieb sich die Hände. Er hatte an Gewicht verloren, wie Mehringer feststellte, und ein, zwei grobe Falten mehr im Gesicht. Das Auffälligste war jedoch sein stark ergrautes Haar, das ihn um zehn Jahre älter erscheinen ließ.

»Schön, dich endlich zu sehen«, sagte er etwas steif.

»Ganz meinerseits. Geht's dir gut?«

»Denk schon.«

»Keine schlaflosen Nächte?«

»Nein. Und bei dir? Alles im Griff?«

Mehringer nickte nur.

»Dann komm, gehen wir rein.«

Mehringer folgte Moser in die Küche, in der sich kaum etwas verändert hatte, seit sie in jener Nacht völlig erschöpft angekommen waren.

»Eine Tasse Kaffee oder was Stärkeres?«, fragte Moser.

»Kaffee reicht vollkommen«, erwiderte Mehringer und setzte sich an den Tisch.

»Müssen wir uns wirklich keine Sorgen machen?«, fragte Moser, während er den Kaffee zubereitete. »Ich meine, ich hab gelesen, dass du von Kollegen aus München Unterstützung bekommen hast.«

»Richtig. Und anfangs waren sie auch ganz schön forsch. Haben sich sogar für ein paar Tage in Beching einquartiert und jeden verhört, der älter als fünfzehn war. Aber letzten Endes mussten sie sich mit meinem Bericht zufriedengeben.«

»Und es gab keine Probleme, weil du an diesem Sonntag nicht gleich erreichbar warst?«

»Nein. Ist zum Glück in der Aufregung völlig untergegangen.«

Moser stellte zwei Tassen mit Kaffee auf den Tisch und setzte sich ebenfalls. Er lächelte ein wenig verlegen und sagte nach einer Pause: »Um noch einmal auf diesen Polen zurückzukommen: Ich weiß ...«

Mehringer schnitt ihm mit einer Handbewegung das Wort ab. Auch wenn ihn Mosers Versagen um Haaresbreite das Leben gekostet hätte, hegte er keinen Groll. War ohnehin nicht die beste Idee gewesen, sich anfangs ganz auf Leitner zu konzentrieren und den Polen, wenn auch nur kurz, aus den Augen zu lassen. »Lass es gut sein«, sagte er mit Nachdruck. »Wir haben's geschafft, und nur das zählt.«

»Und wie geht's jetzt weiter?«, fragte Moser.

»Ganz einfach, wir warten darauf, dass Gras über die Sache wächst. Und wenn man bedenkt, was in der Welt gerade so los ist, könnte das schneller gehen, als wir glauben.«

Moser kratzte sich am Kinn und sagte nichts dazu.

Mehringer nippte an seinem Kaffee. »Allerdings sind nach den Kollegen aus München noch ein paar Herrschaften aufgetaucht, die ebenfalls durchblicken ließen, dass sie meine Theorie von einem aus dem Ruder gelaufenen Raubüberfall für Unsinn halten.«

»Oh!« Mosers Augen wurden groß. »Ja, aber … mit welcher Begründung?«

»Weil diese Gangster ihren Überfall auch in Traunstein hätten durchziehen können. Zum Beispiel, als die beiden in ihren Wagen gestiegen sind.«

Moser grinste. »Hat was für sich, oder?«

»Wie man's nimmt. Aber ein Überfall mitten in der Stadt …«

»Und haben sie auch rausgelassen, was sie stattdessen vermuten?«

»Nicht direkt. Aber ich denke, es dürfte mit Leitners Vergangenheit zu tun haben. Mit dem, was er nach dem Krieg getrieben hat.«

»Da hat der Seiffert doch gemeint, dass er für die Amerikaner gearbeitet haben könnte. Dass er denen verraten hat, wo sich ehemalige SS-Leute versteckt hatten und dafür mit einer neuen Identität und Geld belohnt wurde.«

»Genau. Und hinter diesen Leuten sind sie jetzt offenbar her. Vielleicht haben sie von den Amerikanern sogar eine Liste mit Namen. Die meisten wurden ja nicht gehängt, sondern dürften längst wieder auf freiem Fuß sein und in der Regel auch ihren richtigen Namen behalten haben.«

»Die vermuten also einen Racheakt an Leitner?«

»Sieht ganz so aus.«

Moser lachte bitter. »Wenn das Ganze nicht so tragisch wäre, würde ich es fast komisch finden: Die suchen hier in der Gegend also nach einer Person, die von Leitner seinerzeit verraten wurde und ihn jetzt wiedererkannt hat? Und beschlossen hat, ihn mit Hilfe alter Kameraden umzubringen?«

»Ja. Unglaublich, nicht?«

»Und, was denkst du, wer diese ominösen Herrschaften waren?«

»Ich denke mal, Leute vom neuen Geheimdienst.«

»Dem Bundesnachrichtendienst?«

»Genau. Und weißt du, was der Witz bei der Sache ist?«

Moser schüttelte den Kopf.

»Mit diesem Reinhard Gehlen an der Spitze dürfte der Verein viel brauner sein, als wir glauben sollen. Oder aus welcher Ecke sonst hätte er seine Leute rekrutieren können?«

»Das heißt, diese Banditen jagen sich jetzt untereinander?«

Mehringer zuckte mit den Schultern. »Gut möglich.«

»Hitlers Chefspion für den Osten als Geheimdienstchef. Der Adenauer muss echt verrückt sein.«

»Ist aber so. Oder hättest du gedacht, dass wir elf Jahre nach dem Krieg mit Unterstützung der Amerikaner wieder eine Armee aufbauen?«

»Nicht mal im Traum. Aber wenn es wirklich so ist, wie du glaubst, also dass es so eine Liste gibt, umso besser für uns.«

Mehringer nickte. »Sicher. Trotzdem sollten wir weiter vorsichtig sein. Ich hab deswegen auch aufgepasst, ob mir jemand gefolgt ist.«

»Und?«

»Ich hab nichts bemerkt.«

»Meinst du eigentlich, du kriegst Ärger, weil der Fall ungelöst bleibt?«

»Glaub nicht. Eher im Gegenteil. Der Haberlander geht Ende des Jahres in Pension, und der Kraus versucht gerade, bei der neuen Bundeswehr unterzukommen. Könnte also gut sein, dass ich der neue Chef werde.«

»Chef der Kripo Traunstein! Da wird deine Freundin aber mächtig stolz auf dich sein.«

Mehringer verzog das Gesicht. »Das ist noch die Frage. Ich fürchte nämlich, die ist immer noch stinksauer auf mich. Aber morgen werde ich hoffentlich mehr wissen.«

»Dann viel Erfolg!«

»Und du? Was sind jetzt deine Pläne?«

»Eigentlich habe ich nur auf deinen Besuch gewartet. Weihnachten werde ich wahrscheinlich bei der Familie eines Arbeitskollegen verbringen, der zufällig eine ausgesprochen hübsche Schwester hat, und wenn der Winter vorbei ist, sehe ich zu, dass ich den ganzen Krempel hier verkaufe. Und dann werde ich nie wieder einen Fuß in diese gottverdammte Gegend setzen.«

40

»Morgen, Herr Kommissar. Ganz schön frostig heute, was?«

Mehringer blieb stehen und nickte. »Allerdings.«

Gustav unterbrach sein Schneeschippen, stützte sich auf die Schaufel und blickte Mehringer neugierig an.

»Hab schon befürchtet, Sie lassen sich hier überhaupt nicht mehr blicken.«

»Doch, doch. Ich hatte ... nur viel zu tun«, erwiderte Mehringer etwas verlegen.

»Das glaube ich Ihnen gerne. Dieser Doppelmord hält Sie ganz schön auf Trab, was?«

»Ja, das kann man laut sagen.«

»Hab gelesen, dass auch welche aus München da waren, die dachten, sie hätten mehr Erfolg.«

»Stimmt.«

»Na ja, Sie schaffen das schon. Den Doppelmord im Frühjahr haben Sie ja auch aufgeklärt.«

Genau. Und bei Ihnen? Alles in Ordnung?«

»Kann nicht klagen.«

»Also dann ...«

»Übrigens«, Gustav packte seine Schaufel und kam näher, »vielleicht hätte ich es melden sollen, aber dieser Pole, dieser Janek, der war im Sommer auch ein paar Mal hier unten.«

»Allein?«

Gustav nickte. »Soviel ich mitbekommen habe, ja.«

»Und? Ist Ihnen irgendetwas aufgefallen an ihm?«

»Eigentlich nicht. Nur, dass er jedes Mal schon ziemlich hinüber war.«

»Aber Ärger hat er keinen gemacht?«

»Zum Glück nicht.«

Mehringer wandte sich zum Gehen. »Na dann, schöne Weihnachten, Gustav.«

»Das wünsche ich Ihnen auch, Herr Kommissar.«

Mehringer ging weiter. Vor dem Haus mit Gerdas Wohnung blieb er stehen und blickte nach oben zum Balkon. Er hatte seinen Besuch zwar telefonisch angekündigt, war aber unsicher, ob Gerda ihn überhaupt in die Wohnung lassen würde. Immerhin hatte sie ihn, als er kurz nach Leitners Beerdigung das erste Mal hier aufgetaucht war, vom Balkon aus abgewimmelt. Und auch für heute verhieß der harte, abweisende Klang ihrer Stimme eher nichts Gutes. Umso überraschter war er, als sie die Tür öffnete.

Sie hatte sich hübsch gemacht, Lippenstift aufgetragen und die Augen geschminkt. Auch das Kleid war neu, ein straff sitzendes Kostüm, das ihre schlanke Figur betonte, sodass er für einen Moment dachte, es könnte wieder alles gut werden. Doch ihr Blick verriet, dass dem nicht so war. Von Vergebung keine Spur.

Mehringer zog das Päckchen mit der Halskette, die er als Weihnachtsgeschenk für sie gekauft hatte, aus seiner Manteltasche und sagte: »Ich weiß, dass du noch immer glaubst, ich hätte dich wegen einer anderen verlassen, aber würdest du mich wenigstens anhören?«

»Und zu was soll das führen?«

»Vielleicht dazu, dass du deine Meinung doch noch änderst.«

Gerda blieb stumm.

»Erstens, es gab nie eine andere Frau. Und zweitens, auch wenn ich letzten Endes bei der Kripo geblieben bin, so waren diese paar Wochen für mich wirklich wichtig. Einfach deswegen, weil ich mir klarmachen musste, was ich die nächsten dreißig Jahre machen möchte.«

Gerda lächelte finster und sagte: »Erstens waren es keine paar Wochen, sondern über zwei Monate, und zweitens wissen wir beide, dass du gelogen hast. Ich weiß zwar nicht, warum und wieso, aber das ist mir jetzt auch egal. Geh einfach und lass mich in Frieden.«

Mehringer hielt ihr dennoch das Päckchen hin. »Dann möchte ich, dass du wenigstens mein Weihnachtsgeschenk annimmst. Auch als Dank für die schöne Zeit, die wir hatten ...«

Gerda machte keine Anstalten, nach dem Päckchen zu greifen. Stattdessen spähte sie ins Treppenhaus, wo soeben Schritte laut geworden waren. Mehringer drehte sich um und erblickte einen jungen Mann Anfang zwanzig, der ein paar Stufen unterhalb von ihnen stehenblieb und Gerda beiläufig zuwinkte. Ein dunkler Typ in Lederjacke und mit pechschwarzen Haaren, der etwas Verwegenes an sich hatte.

So war das also!

Gerda hatte dieses Zusammentreffen arrangiert, damit er Bescheid wusste. Damit er begriff, dass er abgemeldet war. Genau so, wie sie gedroht hatte.

Er verspürte einen Stich im Herzen.

»Das hast du ja prima eingefädelt«, sagte er.

Gerda sagte nichts und wich seinem Blick aus.

Der Lederjackentyp kam ein, zwei Stufen höher, grinste und sagte: »Schau an, der Herr Kommissar ist auch da.«

Für einen Augenblick war Mehringer versucht, dem Kerl eins auf die Nase zu geben, ihm sein dümmliches Grinsen aus dem Gesicht zu wischen. Doch dann schüttelte er nur den

Kopf, drängte sich an dem Mann vorbei und verließ fluchtartig das Haus. Er lief wortlos an Gustav vorbei und auf der Brücke zur Traunerstraße warf er das Päckchen fort.

In den rasch fließenden Mühlbach.

edition tingeltangel

Mehr von Wolfgang Schweiger:

In einem Kurzkrimi schickt *Wolfgang Schweiger* zwei Männer auf den Teisenberg zur Übergabe einer brisanten Daten-CD. Doch nicht nur einer spielt falsch.

Mordsgipfel – Krimis aus den bayerischen Bergen von Wolfgang Schweiger, Markus Richter, Marta Donato, Nicole Eick, Bettina Brömme, Arno Wilhelm, Harry Kämmerer, Friederike Schmöe, Heidi Rehn u.a.

»Auf die Gefahr hin, in ein falsches Licht zu geraten: So macht Morden Spaß.« (Allgäuer Zeitung)

Leseprobe

... Ich wischte mit dem Ärmel ein paar Krümel vom Tisch und blickte nachdenklich auf die Terrasse hinaus, auf der sich bereits mehrere Pfützen gebildet hatten. Hauptkommissar Klaus Fiedler! Was wollte der Kerl von mir, jetzt, nach über neun Jahren? Er wusste doch, was ich von ihm hielt. Und dass ich keinen Wert auf ein Wiedersehen legte.

»Hast du zufällig eine Meinung dazu?«, fragte ich Boris.

»Klar doch. Sag ihm, er soll sich erst eine Kugel in die Brust schießen und sich dann wieder melden.«

Nicht schlecht, dachte ich, geriet aber dennoch ins Schwanken. Ich war im Augenblick nicht gerade überbeschäftigt und ein wenig Abwechslung würde mir guttun. Also könnte ich mir zumindest anhören, was er zu bieten hatte. Er war im Grunde ja kein schlechter Mensch, nur ein zuweilen gefährlicher Trottel.

...

Mehr aus unserem Programm:

Markus Richter: Ins Herz
Neuschwanstein-Thriller

1875: Auf der Baustelle der Hohenschwangauer »Neuen Burg« (Neuschwanstein) stirbt der Bauführer durch einen Schuss ins Herz. Was die echte Chronik des Dorflehrers nur knapp notiert, macht Markus Richter zum Ausgangspunkt eines atemlosen Verschwörungsabenteuers.

»Hochspannung ist bis zur letzten Seite garantiert« (Bayerischer Rundfunk)

Weitere Bände: *Ohne Herz / Königsherz*

Marta Donato
Italien- & Bayern-Krimis

Korruption und Kokain, Immobilienschwindel und Rivalität unter Opernstars, eiskalte Kunsthändler, skrupellose Schlepper, obskure Oligarchen und dubiose Anwälte – Verbrecher machen vor keiner Grenze halt. Höchste Zeit für den Einsatz der Kommissare Breitwieser aus Traunstein und Fontanaro aus Verona.

Marta Donato »mordet mit leichter Hand (...) und spannend bis zum Schluss.« (Bayerischer Rundfunk)

Nicole Eick: Wenn der Engel kommt
Kriminalroman

Übler Geruch dringt aus der Wohnung der alten Frau im zwölften Stock eines Hochhauses. Als das Nachbarsmädchen Alarm schlägt, wird die vereinsamte Seniorin tot aufgefunden. Alle gehen davon aus, dass sie eines natürlichen Todes gestorben ist – bis drei weitere Menschen ein ähnliches Schicksal erleiden. Plötzlich geraten gleich zwei Pflegedienste ins Visier der Polizei.

»Geht unter die Haut.« (Neue Presse Coburg)